九叶集

1940~1949

辛笛　陈敬容　杜运燮

杭约赫　郑敏　唐祈

唐湜　袁可嘉　穆旦

陕西师范大学出版总社

图书代号：WX21N1925

图书在版编目（CIP）数据

九叶集／辛笛等著. —西安：陕西师范大学出版总社有限公司，2021.11
ISBN 978-7-5695-2385-0

Ⅰ.①九… Ⅱ.①辛… Ⅲ.①诗集—中国—当代 Ⅳ.①I227

中国版本图书馆CIP数据核字（2021）第158531号

九叶集
JIU YE JI

辛笛等 著

出 版 人	刘东风
策划编辑	焦 凌
责任编辑	焦 凌
责任校对	宋媛媛
封面设计	hanyinOrigin
出版发行	陕西师范大学出版总社
	（西安市长安南路199号，邮编710062）
网 址	http://www.snupg.com
印 刷	山东临沂新华印刷物流集团有限责任公司
开 本	880mm×1230mm 1/32
印 张	10
插 页	2
字 数	178千
版 次	2021年11月第1版
印 次	2021年11月第1次印刷
书 号	ISBN 978-7-5695-2385-0
定 价	49.00元

读者购书、书店添货或发现印装质量问题，请与本公司营销部联系、调换。
电话：（029）85307864 85303629 传真：（029）85303879

出版前言

当我们谈论中国百年新诗史时,"九叶派"的作品是无论如何都无法回避的一座高峰。他们的作品诞生于二十世纪四十年代那个血与火的特殊时期,抒写了当时人民的苦难、斗争与对光明的渴望,显得那么独特奇崛,却使中国新诗的内涵更为丰富而深邃。

"九叶派"得名于《九叶集》,诗集收录了二十世纪四十年代九位年轻诗人辛笛、陈敬容、杜运燮、杭约赫、郑敏、唐祈、唐湜、袁可嘉、穆旦的作品。诗集的出版改变了人们对中国新诗的整体认识,引起了人们对这一诗人群体的广泛关注。一九九九年,《九叶集》入选"百年百种优秀中国文学图书",可见这部作品对于现当代中国文学具有重要的历史意义。

二〇二一年值《九叶集》出版四十周年,陕西师范大学出版总社征得"九叶"家属同意,再版《九叶集》,以资纪念。

本次出版对诗人生平、诗歌发表时间与出处重新核对补充;根据作者生前对初版的校勘或诗歌出处底本,对初版讹误进行订正。其中穆旦诗作部分是按照穆旦先生哲嗣提供的勘误表,对照初版及《穆旦诗集》(一九四七)、《旗》(一九四八),对文字和标点进行了校勘。

特别感谢所有"九叶"家属,他们不辞辛劳,多次校阅书稿,弥补了我们工作中的很多疏漏。

需要说明的是,书稿系名家名作,且创作于二十世纪四十年代,一些措辞具有时代特征,为了保持其原有版本风貌,再版过程不再做当下汉语规范化统一,读者阅读时自可体会中国新诗发展中语言变化的规律。

由于编者水平有限,书稿处理不妥之处,如蒙方家指出,不胜感激!

在编纂本集时,我们深深怀念当年的战友、诗人和诗歌翻译家穆旦(查良铮)同志,在"四人帮"横行时期,他身心遭受严重摧残,不幸于一九七七年二月逝世,过早地离开了我们。谨以此书表示对他的衷心悼念。

辛　笛　陈敬容　杜运燮　杭约赫
郑　敏　唐　祈　唐　湜　袁可嘉

一九八〇年一月　北京

首版序

这个诗集是本世纪四十年代（主要是一九四五——九四九年）国民党统治区九个较年轻的诗人作品的选集。时隔三十多年，为什么还要在八十年代的中国重新刊印问世呢？

这是因为这些作品是四十年代中国的部分历史的忠实记录。九位作者作为爱国的知识分子，站在人民的立场，向往民主自由，写出了一些忧时伤世、反映多方面生活和斗争的诗篇，内容上具有一定的广度和深度；艺术上，结合我国古典诗歌和新诗的优良传统，并吸收西方现代诗歌的某些手法，探索过自己的道路，在我国新诗的发展史上构成了有独特色彩的一章。当时由于战争环境的限制，这些作品虽在一些报刊如上海的《诗创造》《中国新诗》《民歌》《文学杂志》《文艺复兴》《大公报·星期文艺》《文汇报·笔会》和天津《益世报·文学周刊》上发表过，九人中的大多数也都出版过自己的诗集，有过一定的影响；但在动乱的年代，所能接触到的读者面终究是有限的。建国三十年来，由于大家现在都知道的诸多原因，这些作品也和国统区其他许多具有各种不同风格和特色的诗篇一样，长期没有获得与广大诗歌读者见面的机会，以致在我国现代文学史上，对四十年代国统区的诗创作缺少较全面完整的评价。

党的十一届三中全会以来，百花齐放、百家争鸣的正确方针正在越来越得到深入贯彻，九位作者也愿借这股强劲的东风，把青年时代的一部分习作呈献给读者，让它们在祖国日趋繁荣的百花园中聊备一格。这或许对新诗史上那个缺陷可以有所弥补，或许也还多少有助于新诗的发展。

在四十年代初期，九个作者中大多数都还是二三十岁的年轻人，有的在重庆等地参加进步的文化活动，有的还在西南、西北等地的大学里读书；抗战胜利后，有的复员到当时的北平、天津的大学教书，有的在上海创办诗刊，从事各种文艺活动，情况各不相同，但都关心国家的命运和人民的疾苦，都经历过旧中国的苦难，衷心地渴望着解放。他们先是各自在上海、北平、天津等地发表作品，由于对诗与现实的关系和诗歌艺术的风格、表现手法等方面有相当一致的看法，后来便围绕着在当时国统区颇有影响而终于被国民党反动派查禁了的诗刊《诗创造》和《中国新诗》，在风格上形成了一个流派。他们认为诗是现实生活的反映，但这个现实生活既包括政治和社会生活中的重大题材，也包括生活在具体现实中人们的思想感情的大小波澜，范围是极为广阔的，内容是极为丰富的；诗人不能满足于表面现象的描绘，而更要写出时代的精神和本质来，同时又要力求个人情感和人民情感的沟通；在诗的艺术上，他们认为要发扬形象思维的力量，探索新的表现手段，发挥艺术的感染力，而且要有各自的个性与风格。他们认真学习我国民族诗歌和新诗的优秀传统，也注意借鉴现代欧美诗歌的某些手法。但他们更注意反映广泛的现实生活，不局限于个人小天地，尤其反对颓废倾向；同样，他们虽然吸收了一些西方现代诗歌的表现手法，但作为热爱祖国的中国知识分子，他们并没有现代西方文艺家常有的那种唯美主义、自我中心主义和虚无主义情调。他们的基调是正视现实生活，表现真情实感，强调艺术的独创精神与风格的新颖鲜明。

从作品的思想倾向看，他们则注意抒写四十年代人民的苦难、斗争以及渴望光明的心情。作为一个例子，请听他们当中的一个，穆旦（查良铮），这位在"四人帮"横行时身心遭受严重摧残，不幸在一九七七年过早逝世的诗人，在四十年代初，以何等深沉的感情赞美祖国，又是那样激动地欢呼着"一个民族已经起来"：

我要以荒凉的沙漠，坎坷的小路，骡子车，
我要以槽子船，漫山的野花，阴雨的天气，
我要以一切拥抱你，你，
我到处看见的人民呵，

在耻辱里生活的人民，佝偻的人民，
我要以带血的手和你们一一拥抱
因为一个民族已经起来。

——《赞美》

这最后一句在后面各节又一再重复，显得那么沉雄而有力！

他看到在田野中劳作的农民，想到多少朝代在他身边升起又降下；如今这个农民在抗日的号召下投入了军队，"溶进了大众的爱"，"看着自己溶进死亡里"，因为战争总是会有伤亡的。诗人沉痛地说："他是不能够流泪的/他没有流泪，因为一个民族已经起来。"这种悲痛、幸福与自觉、负疚交织在一起的复杂心情，使穆旦的诗显出了深度和厚度。他对祖国的赞歌，不是轻飘飘的，而是伴随着深沉的痛苦的，是"带血"的歌。

如果穆旦在反映现实上有深厚凝重而自觉的特点，那么他的同学和挚友杜运燮则以活泼的想象和机智的风趣见胜。他往往用轻松的笔调处理严肃的题材，把事物中矛盾的、可笑的实质揭示出来。《追物价的人》是其中一例：

物价已是抗战的红人。
从前同我一样，用腿走，
现在不但有汽车，坐飞机，

还结识了不少要人、阔人，
他们都捧他，搂他，提拔他，
他的身体便如烟一般轻，
飞。但我得赶上他，不能落伍。
抗战是伟大的时代，不能落伍。
虽然我已经把温暖的家丢掉，
把好衣服厚衣服，把心爱的书丢掉，
还把妻子儿女的嫩肉丢掉，
而我还是太重，太重，走不动，
让物价在报纸上，陈列窗里，
统计家的笔下，随便嘲笑我。
啊，是我不行，我还存有太多的肉，
还有菜色的妻子儿女，她们也有肉，
还有重重补丁的破衣，它们也太重，
这些都应该丢掉。为了抗战，
为了抗战，我们都应该不落伍，
看看人家物价在飞，赶快迎头赶上，
即使是轻如鸿毛的死，
也不要计较，就是不要落伍。

这首讽刺抗战后期物价狂涨的诗，采取了与众不同的颠倒的写法：把大家憎恶的飞速上涨的物价说成是人们追求的"红人"，唯恐追他不上，即使丢掉一切——家、好衣服、厚衣服、破衣服、自己的肉、妻子儿女的嫩肉——都在所不惜，因为抗战是伟大的时代,不能落伍。这样颠倒的结果,这种局面的荒诞不经就昭然若揭了。嘲弄的口吻既尖刻又真实,物价确实是囤积居奇的要人、阔人给捧上去的,确实迫使人们丢掉家室、衣服和骨肉,甚至以"死"为代价的。特别叫人啼笑不得的,这竟然都是为了"伟大的抗战",为了不要落伍。诗人在这里显示的想象的活泼和风趣的讽刺使我们想起英国三十年代的奥登的笔法。

杭约赫和唐祈在解放前的上海那个畸形发展的都市里生活过、工作过、斗争过,他们和辛笛、陈敬容、唐湜一起办诗刊、编丛书,为发展四十年代的新诗作出过贡献。他们对当时国民党反动政府的倒行逆施和旧上海的黑暗腐朽有深切的体会。唐祈早年去过甘肃、青海一带,善于描绘边远地区游牧人民的风习与苦难的抒情诗,具有清新、婉丽的牧歌风格,例如他对那个古代蒲昌海边的羌女的吟唱:

游牧人爱草原,爱阳光,爱水,
帐幕里你有先知一样遨游的智慧,
美妙的笛孔里热情是流不尽的乳汁,
月光下你比牝羊更爱温柔地睡。

——《游牧人》

后来深入现实生活,他写出了不少揭露黑暗、歌颂民主革命的诗篇。他写了一篇哀歌,哀悼闻一多先生的

光荣的牺牲:

> 每一个人死时,决定
> 一生匆促的行踪,
> 有的缩小,灰尘般虚渺……
> 有的却在这一秒钟,
> 从容地爆裂,
> 世界忽然显得震动。

——《圣者》

写得多么朴素,又多么有力!

他的长诗《时间与旗》则是以现代派的诗风揭露旧上海繁华背后的黑暗的一篇力作。他看到"满足长期战争"的国民党反动政府,用"一支老弯了的封建尺度"来"适应各种形式的地主",而农民则"输出高粱那般红熟的血液";诗人看到时间对反动派和剥削阶级的不利,因为在时间的洪流里,一面光辉的人民的旗帜正在升起;它作为一个巨大的历史形象,如闪耀的阳光,照耀着全中国。这篇诗里有光明与黑暗的强烈对比:对于剥削阶级说来,时间只是"空虚的光阴"。它充满颤栗,预感到必然的消失;对于革命人民,时间则是巨大的成长过程,为完成人民旗帜不可或缺的因素。诗篇形象纷繁,层次较多,但中心突出,能给我们深刻的印象。

杭约赫(曹辛之),诗人兼美术家,善于以不同的语言风格处理广阔的社会生活图景,展现出一幅幅生动、壮丽的画面。他的讽刺诗《最后的演出》是抨击一九四八年四月伪国民大会选举蒋介石为伪总统这一丑剧的。他尖锐地指出：

> 爆竹、悬旗、欢呼，你明白
> 这掩压不住四周的风声雨声；
> 你痉挛的笑，笑得发抖。你明白
>
> 我们是用绳子拴来的观众，
> 以充血的眼睛来欣赏你
> 最后一段演技，亿万个
> 呼号和掌声，在我们召唤里等待。

杭约赫的长诗《复活的土地》以宏大的气势，纷繁的语言风格，把浮沉在旧上海——这个"饕餮的海"里的形形色色的人物——反动派、殖民者、花天酒地的庸人、小市民和革命者———都做了描绘，又表达出自己的呼号，对光明与新生的希望；而诗人的深厚同情无疑是给予受苦的人们和死难的烈士这一边的："……日子走到了/它的边。一阵轻微的北风/也会悄悄地向你说：/快倒了；快到了！"这个有趣的谐音语暗示蒋家王朝的崩溃和革命胜利的到来。诗中的画面是广阔的，感情是充沛热烈的，语言是凝炼有力的。

这是一群有自觉意识的年轻人。在他们的作品里，有时也表现出那个时代知识分子在动乱中的忧虑苦闷，自我谴责，心头有所醒悟而脚下不免踌躇的心情。早在三十年代就写过优秀的印象派诗篇如《印象》和《航》的辛笛，是九人中的长者，在四十年代的风浪里显露出了较大的转变，写出了一些更坚实的作品。他心中充满了爱国主义的热情，即使旅居海外，也不断地思念着故国。

三十年代里，他在"暴风雨前这一刻历史性的宁静"里，"不愿待见落叶纷纷，径自与这垂死的城（指一九三六年夏天的北平）相别"：

呵，是谁
是谁来点起古罗马的火光
开怀笑一次烧死尼禄的笑
　　　　　　　　——《垂死的城》

这儿的尼禄自然指的是独夫、民贼蒋介石。他认为诗人应该正视现实：

谁能昧心学鸵鸟，
一头埋进波斯舞里的蛇皮鼓……
　　　　　　　　——《巴黎旅意》

他认为要抓住"那时近时远/崇高的中心"，崇高的政治理想与生命理想。

他在听到布谷鸟叫唤时，就深切地体会到时代的不同，因而，他对布谷鸟叫声的理解先后也起了变化。二十年前，他是把它当作"永恒的爱情"之歌的，现在却觉得"你一声声是在诉说/人民的苦难无边"，认识到"你是我们中间的先知/是以血来化作你的声音"，"灵魂警觉的/听了你/于是也扰扰无休/他们一齐宣誓说/要以全生命/溶出和你一样的声音/要以全生命来叫出人民的控诉"（《布谷》）。现实生活的冲击显然提高了诗人对自己的要求，在《手掌》一诗中，他显豁地表明：他担心自己的"白手"养成了太多的坏习气，发誓要天天捶打它，磨炼它，使它"坚定地怀抱起新理想"。这里，诗人的赤子之心是跃然纸上的，犹如杭约赫在嘲弄知识分子"在鼻子前挂面镜子……脱下布衣直上青云"之后，从水里的游鱼和天空的飞鸟得到启示，决心摆脱知识分子的小天地，"向自己的世界外去找寻世界"。

他们的确走出了三十年代新月派和现代派的象牙之塔，走向了抗日战争的前方和大后方，参加了力所能及的抗日救亡工作，抗战胜利后，在各自的工作岗位，坚持争取民主的斗争，一直到全国解放。他们的作品表明他们感受到了时代的脉搏、人民的苦和乐，表达了一部分生活的真实和自己的憧憬、希望，以及自己哲理性的探索。

他们当中有两位是女诗人。深受德国诗人里尔克的影响，和西方音乐、绘画熏陶的郑敏，善于从客观事物引起深思，通过生动丰富的形象，展开浮想联翩

的画幅,把读者引入深沉的境界。例如,她的诗:

> 金黄的稻束站在
> 割过的秋天的田里,
> 我想起无数个疲倦的母亲,
> 黄昏路上我看见那皱了的美丽的脸,
> 收获日的满月在
> 高竿的树巅上,
> 暮色里,远山
> 围着我们的心边,
> 没有一个雕像能比这更静默。
>
> ——《金黄的稻束》

写的是一片秋天的静穆,一幅米勒似的画面。稻束给比成母亲,"肩荷着那伟大的疲倦","站在那儿/将成为人类的一个思想"。

这里"雕像"是理解郑敏诗作的一把钥匙。她注意雕塑或油画的效果:以连绵不断的新颖意象表达蕴藉含蓄的意念,通过气氛的渲染,构成一幅想象的图景。它的效果是细微、缓慢、持久而又留有想象余地的,就像细雨滋润禾苗,渗入了土地一样。

与郑敏的诗风不同,深受古典诗词和西方诗歌影响的诗人和翻译家陈敬容的风格则往往是火爆式的快速反应,高速度地以外景触发内感,势头快而猛,粗犷而有力。例如在《飞鸟》里她从飞鸟负驮着太阳、云彩和风的外景受到触动，立刻想到自己也要随着鸟的歌声，攀上它的轻盈翅膀，化成云彩，飞翔高空。状物抒情不是陈敬容诗作的主要成分，但偶有这方面的描绘时，形象思维达到了入化的境地："当一只青蛙在草丛间跳跃/我仿佛看见大地眨着眼睛"（《雨后》）。可是涉及对宇宙对人生的探索时，她的沉思就交织着异样的惶惑与清醒："在熟悉的事物面前/突然感到的陌生/将宇宙和我们/断然地划分"（《划分》）。虽然她有时深深慨叹："尽管想象里有无边的绿/可是水、水、水呵/我们依旧怀抱着/不尽的渴"（《逻辑病者的春天》）；但在那方生未死之间，却也预见到"黑夜将要揭露/这世界的真面目/黄昏是它的序幕"（《冬日黄昏桥上》）。

自然，诗人也有反映时代的一面，也有沉思默想的一面，她能领悟到宇宙的"律动"和力的旋律。她的小诗《力的前奏》就写得凝炼而耐人寻思：

歌者蓄满了声音
在一瞬的震颤中凝神

舞者为一个姿势
拚聚了一生的呼吸

天空的云、地上的海洋
在大风暴来到之前

> 有着可怕的寂静
>
> 全人类的热情汇合交融
> 在痛苦的挣扎里守候
> 一个共同的黎明

这首诗作于一九四七年四月,诗人所期望的"共同的黎明",在不到两年的时间内就降临到这块土地的上空。在这儿,她个人的感觉就通向了人民的期望。与人民的感情息息相通,她的想象具有了丰满的现实意义。

对于未来的坚信同样是唐湜诗作的主题。他满怀信心地抒唱:"长夏郁郁,没什么开始、沉落/什么都歌向一个完整的未来。"他在四十年代中叶,写了一部六千多行的长诗《英雄的草原》,一个天真的理想主义的寓言,有着宏大的气象与浪漫蒂克的热情奔放。他的抒情短章多半意象新颖,音节婉转,自有一种清气扑人的感觉。但他也是立足于现实斗争的,如他的《骚动的城》写的就是他的故乡——温州市的一次反饥饿反内战的反蒋斗争:

> 洋油箱,孩子们拖着你
> 正如拖着锋利的犁
> 犁过大街,犁过城市的心脏
> 犁在人民的肩背上

罢市，喧嚣的呼喊起来了
罢工，城市的高大建筑撼动了

他为纪念诗人朱自清写的《手》是以现代派诗风写的：

我已经看到在混凝土的
地层里，一个新人类的早晨
已经发亮，树林子下有遥远的
海，沉沉的云预言似的
下垂，呐喊，熊似的生命
众多的手臂是人们的森林

充满了对未来的黎明、新人类的早晨的向往，而他在《背剑者》里说：

当黑夜掩起耳朵
宣判别人，就在他背后
时间吹起了审判的喇叭

也抒说了历史对蒋家王朝的末日的宣判，那"舞蛇的臂"已给烙印上了"死的诅咒"。

当年他还发表过一些颇有分量的诗论，如《论风格》《论意象》《论意象的凝定》，与一些诗人专论,如《郑敏的静夜里的祈祷》《辛笛的〈手掌集〉》《搏求者穆旦》及评论诗人唐祈、莫洛、陈敬容、杭约赫的《严肃的星辰们》,都展示了丰富的思想与细致的分析,这些诗论后来都编入了他的论文集《意度集》内。

这九位作者忠诚于自己对时代的观察和感受,也忠诚于各自心目中的诗艺,通过坚实的努力,为新诗艺术开拓了一条新的途径。比起当时的有些诗来,他们的诗是比较蕴藉含蓄的,重视内心的发掘;比起先前的新月派、现代派来,他们是力求开拓视野,力求接近现实生活,力求忠实于个人的感受,又与人民的情感息息相通。在艺术上,他们力求智性与感性的融合,注意运用象征与联想,让幻想与现实相互渗透,把思想、感情寄托于活泼的想象和新颖的意象,通过烘托、对比来取得总的效果,借以增强诗篇的厚度和密度,韧性和弹性。他们在古典诗词和新诗优秀传统的熏陶下,吸收了西方后期象征派和现代派诗人如里尔克、艾略特、奥登的某些表现手段,丰富了新诗的表现能力。

充分发挥形象的力量,并把官能感觉的形象和抽象的观念、炽烈的情绪密切结合在一起,成为一个孪生体。使"思想知觉化"是他们努力从西方现代诗里学来的艺术手法。这适合形象思维的特点,使诗人说理时不陷于枯燥,抒情时不陷于显露,写景时不陷于静态。如果诗人只会用丰富的感官形象来渲染,重彩浓抹，就会叫人感到发腻而不化；如果只是干巴巴地说理，又会叫人觉得枯燥无味。诗人应该努力把肉和骨恰当地结合起来，使读者透过意象联翩，而感到思想深刻，情味隽永。如写到一个小村子里春天来临的景象时，郑敏说：人们久久锁闭着的欢欣像解冻的河流样开始缓缓流动了，"当他们看见/树梢上/每一个夜晚添多几面/·绿·色·的·希·望·的·旗·帜"，就把绿色和希望，叶子和旗帜重叠起来，表达了人们迎春心情的表和里。

在语言句法方面，他们有不同程度的欧化倾向。在这方面，一向存在着两种情况：一种是化得较好的，与要表达的内容结合得较紧密，能增强语言的表达能力；另一种是化得不太好的，与要表达的内容有隔阂，就造成了一些晦涩难解。这里面有学习西方现代诗歌表现手法恰当与否的问题，也有运用上是否到达"化"境的问题。外来的表现方法是需要我们吸收消化，变成自己的东西，才能获得效果的。如辛笛的语言兼有我国古典诗词和西方印象派的色彩；杭约赫对诗词、俚语、歌谣兼收并蓄，就都比较明快。其余几位诗人在这方面也各有其独到之处，他们有共同的倾向，也各有自己的艺术风格，自己的鲜明个性。穆旦的凝重和自我搏斗，杜运燮的机智和活泼想象，郑敏塑像式的沉思默想，辛笛的印象主义风格（"风帆吻着暗色的水/有如黑蝶和白蝶"——《航》），杭约赫包罗万象的气势，陈敬容有时明快有时深沉的抒情，唐祈的清新婉丽的牧歌情调，唐湜的一泻千里的宏大气派与热情奔放，都是可以清晰地辨认的。

在四十年代，他们在诗的理论探索和创作实践两方面，都曾作了诚挚的认真的努力，取得了一些可喜的成果。五十年代以来，由于百花齐放、百家争鸣的方针长时期没有得到全面贯彻，使他们基本上中断了新诗的创作，无法进一步沿着自己的艺术道路发展下去，这不能不说是一件颇可惋惜的憾事。

如今，在祖国文学艺术的春天里，他们虽都年过半百，除穆旦亡故外，都已重新拿起笔来，努力创作，力求为新诗的发展继续作出贡献。

为了便于检验过去的习作，更为了能够获得新诗读者的指教，九位作者各从四十年代写的诗作中选出若干首，编辑成这册《九叶集》。让这九片叶子，在祖国百花争艳的诗坛上分享一点阳光，吮吸一丝雨露吧！

袁可嘉
一九八〇年一月于北京

目 录

以诗人为单元
按姓氏笔画顺序排列

诗名右上角带*的作品可扫封底二维码收听朗诵录音

辛 笛（二十一首）

刈禾女之歌*	003
门　外*	004
识字以来	007
姿	009
月　光	011
手　掌*	012
布　谷	015
夏日小诗	018
回　答	019
"逻　辑"*	020
阿Q答问	021
寂寞所自来	022
赠　别	023
海上小诗	025
尼亚加拉瀑布	026
熊山一日游	027
一　念	028

春天这就来	030
风　景*	031
山中所见——一棵树	032
夕　语	033

陈敬容（二十首）

飞　鸟	037
律　动*	039
船舶和我们	041
划　分	042
群　象	044
雨　后	045
斗士·英雄	046
从灰尘中望出去	047
黄昏，我在你的边上	048
寄雾城友人	052
逻辑病者的春天*	053
力的前奏*	060
捐　输	061
无泪篇	062
雕塑家	064
冬日黄昏桥上	065
抗　辩	067
题罗丹作《春》*	068

珠和觅珠人*	070
出　发	071

杜运燮（十二首）

无　题	075
夜*	077
月*	079
追物价的人*	082
雾	084
山	086
登龙门*	088
落　叶	090
雷	091
善诉苦者	092
狗	094
闪　电*	095

杭约赫（十四首）

神　话	099
拓　荒	101
誓	102

寄给北方的弟弟	103
六　行*	105
噩　梦	106
知识分子	107
启　示	108
感　谢	110
最后的演出	112
跨出门去的	114
最初的蜜	118
复活的土地（选段）*	121
题照相册*	139

郑　敏（二十首）

金黄的稻束*	143
濯足	144
寂　寞*	145
来　到	152
时代与死	154
献给贝多芬	156
树*	157
贫　穷	159
春　天	160
生的美：痛苦·斗争·忍受	161
小漆匠	162

村落的早春	164
鹰	166
池　塘	167
诗人和孩童	169
清道夫*	171
荷　花	172
人力车夫	173
马	176
雷诺阿的《少女画像》*	178

唐　祈（十三首）

故　事	181
游牧人*	182
十四行诗*	183
圣　者*	184
墓　旁	185
严肃的时辰*	186
女犯监狱	187
挖煤工人	189
老妓女	191
最末的时辰	193
雾	197
三弦琴	201
时间与旗*	202

唐 湜（十五首）

沉睡者　　　　　　　　　219
偷穗头的姑娘*　　　　　220
骚动的城*　　　　　　　221
我的歌　　　　　　　　　223
歌向未来　　　　　　　　224
我的欢乐　　　　　　　　225
诗　　　　　　　　　　　226
雪　莱　　　　　　　　　227
米尔顿　　　　　　　　　229
罗　丹　　　　　　　　　231
巴尔扎克　　　　　　　　232
手*　　　　　　　　　　　233
给方其*　　　　　　　　236
背剑者*　　　　　　　　238
给女孩子们的诗　　　　　239

袁可嘉（十二首）

沉　钟*　　　　　　　　243
岁　暮　　　　　　　　　244
空　　　　　　　　　　　245
冬　夜*　　　　　　　　246
进　城　　　　　　　　　249

上　海*	251
南　京	252
旅　店	253
难　民	254
出　航*	255
母　亲*	256
墓　碑	257

穆　旦（十七首）

在寒冷的腊月的夜里*	261
控　诉	263
赞　美*	268
诗八首	272
春*	277
自然底梦	278
裂　纹*	279
赠　别	281
海　恋	283
旗*	285

辛笛

辛　笛（一九一二～二〇〇四）

　　原名王馨迪，原籍江苏淮安，生于天津。中国作家协会会员。一九三五年毕业于清华大学外国语文系，在北平艺文中学、贝满女子中学任教员。一九三六年赴英国留学，在爱丁堡大学研究英国文学。一九三九年回国，任上海暨南大学、光华大学教授，后在上海银行界工作。一九四八年，参加中国民主同盟。任《中国新诗》月刊编委、《美国文学丛书》编委，中华全国文艺协会上海分会候补理事兼秘书，诗歌音乐工作者协会上海分会负责人之一。一九四九年出席中华全国文学艺术工作者第一次代表大会。历任上海市食品工业公司副经理、顾问，中国作家协会上海分会理事、副主席，国际笔会上海中心理事，民盟上海市委会常委。主要著作有：诗集《珠贝集》《手掌集》《辛笛诗稿》《印象·花束》《王辛笛诗集》，书评散文集《夜读书记》《嫏嬛偶拾》《梦馀随笔》，旧体诗集《听水吟集》，主编《20世纪中国新诗辞典》等，有《辛笛卷》（海上文学百家文库·109）、五卷本《辛笛集》出版。

刈禾女之歌*

大城外是山
山外是我的家
我记起家中长案上的水瓶
我记起门下车水的深深的井
我的眼在唱着原野之歌
为什么我的心也是空而常满
金黄的穗子在风里摇
在雨里生长
如今我来日光下收获
我想告诉给姊妹们
我是原野上的主人
风吹过镰刀下
也吹过我的头巾
在麦浪里
我看不见自己
蓝的天空有白云
是一队队飞腾的马
你听　风与云
在我的镰刀之下
　　　奔骤而来

选自诗集《手掌集》

门 外*

> 罗袂兮无声
> 玉墀兮尘生
> 虚房冷而寂寞
> 落叶依于重扃

夜来了

使着猫的步子

当心门上的尘马和蛛丝网住了你吧

让钥匙自己在久闭的锁中转动

是客？还是主人

在这岁暮天寒的时候

远道而来

且又有一颗怀旧的心

我欢喜

我的眼还能看

黑的影相

还托着一朵两朵

白色黄色的花

我还记得那炉火"爆"的声音

因为我们投掷了山栗子进去

或是新斫下的木柴

如此悠悠的岁月

那簪花的手指间

也不知流过了多少

多少惨白的琴音

但门外却只有封积了道路

落了三天的雨和雪

不再听你说一声"憔悴"

我想轻轻地

在尘封的镜上画一个"我"字

我想紫色的光杯

再触一次恋的口唇

但我怕

我怕一切会顷刻碎为粉土

这里已没有了期待

和不期待

今夜如昨夜一样的寂灭

那红的银的烛光

也不因我而长而绿

我听不见眼的语言

二十年　二十年

我不曾寻见熟稔的环佩

猫的步子上

夜来了

一朵两朵

白色黄色的花

我乃若与一切相失

在这天寒岁暮的时候

远道而来

且又怀有一颗怀旧之心

选自上海《大公报·文艺副刊》

和诗集《手掌集》

识字以来

方方正正

左右回旋

写着热闹荒唐的记事

  刻板几何的数字

  缠绵热烈的心

  清冷格致的理智

我钻研学习

像一匹蠹鱼

吃饱了，舒展

又像一曲春蚕

由文字而思想

凌空高举

我飞翔

像一羽初生的鸟

然而快乐并不永久

伴随着的是午困的空虚

要不还有堕地而碎的悲哀

无梦亦无觉

人生从此多恼

我却甘心忍受

我从千字文三字经

学步的影子
发展到无量大的
N的多边形
连连打转
一直向前
像一只哑嗓子的陀螺
奋然跃入了漩涡的激流
我知水性而不善游
勉力自持
只作成人生圆圈里的一点
可还捉不住那时远时近
崇高的中心
案头历与我的书
一叶一叶揭过去
像剪不断的流水
我却无法作一个悭吝的濯足者

一九四五年

选自诗集《手掌集》

姿

你吗，年青的白花
就在推来推去的人丛中
我们遇着了
说你是一幅画里
不可少的颜色
你也以此自傲
而有一点淡淡的馨凉
可是凝神的眼看了你
就尝有一点野百合的苦味
原来你在美丽中瘦了
你还不懂人群是似海如潮
你还不懂只有空气
没有土地是生活不下去的
在黄昏的风里
你常常歪仰着头问天
或是一招手
在谛听飘来的弥撒钟声
你仿佛在绰约的姿容里就忘了一切
忘了身在何处
忘了是一支禁不起风的芦苇

虽然安详的快乐是久已不属于这一片土地的
难得你雾鬟风鬟
饶他一个平常的过路人
能不投掷一瞥怜爱的眼
而为你圣洁的光辉所感动

你吗，年青的白花？
可是你是吹弹不起的
你会立时立地破了
就像一个水泡泡

一九四六年春于上海

选自上海《大公报·文艺副刊》

月 光

何等崇高纯洁柔和的光啊
你充沛渗透泻注无所不在
我沐浴于你呼吸怀恩于你
一种清亮的情操一种渴想
芬芳热烈地在我体内滋生

你照着笑着沉默着抚拭着
多情激发着永恒地感化着
大声雄辩着微妙地讽喻着
古今山川草木物我的德性
生来须为创造到死不能休

你不是宗教是大神的粹思
凭藉贝多芬的手指和琴键
在树叶上阶前土地上独白
我如虔诚献祭的猫弓下身
但不能如拾穗人拾起你来

一九四六年春于上海

选自诗集《手掌集》

手　掌*

形体丰厚如原野
纹路曲折如河流
风致如一方石膏模型的地图
你就是第一个
告诉我什么是沉思的肉
富于情欲而蕴藏有智慧
你更叫我想起
两颊丛髭一脸栗色的水手少年
粗犷勇敢而不失为良善
咸风白雨闯到头
大年夜还是浪子回家

吉卜赛女儿惯于数说你的面相
说那一处代表生命与事业
又那一处代表爱情与旅行
她编造出一套套宿命的故事
和二月百啭的流莺比美
无非想赚取你高兴中的一点慷慨
你若往往当真

岂不定要误事

我喜欢你刚毅木讷而并非顺从
在你中心
摆上一个无意义的不倒翁
你立刻就限制他以行动的范围
洒上一匙清水
你立刻就凹成照见自己的湖沼
轻轻放下你时可以压死蚊蚋蜉蝣
高高举起你时可以呼吸全人类的热情

唯一不幸的　你有一个"白手"类的主人
你已如顽皮的小学生
养成了太多的坏习惯
为的怕皮肉生茧
你不会推车摇橹荷斧牵犁
永远吊在半醒的梦里
你从不能懂劳作后甜酣的愉快
这完全是由于娇纵
从今我须当心不许你更坏到中邪

被派作风魔的工具

从今我要天天拼命地打你

打你就是爱你教育你

直到你坚定地怀抱起新理想

不再笃信那十个不诚实的

过于灵巧的

属于你而又完全不像你的

触须似的手指

一九四六年六月三十日黎明于上海

选自上海《文艺复兴》月刊

布　谷

布谷，布谷
你在呼唤些什么
你是说割麦插禾
你是说百姓好苦

布谷，布谷
你在呼唤些什么
我听见过意大利的夜莺
我听见过英吉利的百灵
但我渡海而归
暮暮朝朝
我只一心一意想着你
古中国的凡鸟

二十年前我当你
是在歌唱永恒的爱情
于今二十年后
我知道个人的爱情太渺小
你声音的内涵变了
你一声声是在诉说

人民的苦难无边

我们须奋起　须激斗

用我们自己的双手

来制造大众的幸福

时至今日

我们须在苦难和死亡的废墟中站起

也许是我错

在声音中

你像和杜鹃一样是啼血的

你是我们中间的先知

是以血来化作你的声音

化作也是我们的声音

在田野上　溪畔林中

随处你都召唤起一些人

一些怀有人民热情的人

你不是孤单的

最后你来到颓废濡沫的都市

灵魂警觉的

听了你

于是也扰扰无休

他们一齐宣誓说

要以全生命

溶出和你一样的声音

要以全生命来叫出人民的控诉

是的，人民的控诉

布谷，布谷

你在呼唤

我知道你为了什么

布谷，中国人民的代言者

你叫罢

一九四六年六月四日诗人节于上海

选自诗集《手掌集》

夏日小诗

电灯照明在无人的大厅里

电风扇旋转在无人的居室里

禁闭中的鬼影坐在下面吹风凉

呵,这就是世界吗?

在南方的海港风里

我闻见了起腻的肥皂沫味

有一些市侩在那里漂亮地理发

呵,真想当鼓来敲白净的大肚皮

就着脐眼开花,点起三夜不熄的油脂灯

也算是我们谦卑地作了"七七"的血荷祭

一九四六年于上海

选自上海《文汇报·笔会》

回　答

你叫我不要响

当心这奇贪多诡的刺猬

就是用匕首和投枪

对它也不还是蚊子叮象

让我给你以最简单的回答

除了我对祖国对人类的热情绝灭

我有一分气力总还是要嚷要思想

向每一个天真的人说狐狸说豺狼

一九四六年夏于上海

选自诗集《手掌集》

"逻 辑"*
——敬悼闻一多先生

对有武器的人说
放下你的武器学做良民
　因为我要和平

对有思想的人说
丢掉你的思想像倒垃圾
　否则我有武器

一九四六年七月于上海

选自上海《联合晚报》

阿Q答问

阿Q,你居然也想说话哪。
你懂吗,会吗,配吗,
说那些时髦而不中听的话?

哼,你错了。
就算我还是阿Q,我已是新生代,
我死也要说,死也要说。
就算你手里拿的是切菜刀罢,
我的头颅是滚圆的西瓜罢,
只要新生代的阿Q死不尽,
我总有一天要叫你死,叫你死。
我们要瞪着盘中你孤独的头颅,
哈哈笑出了我们的愤怒。

一九四六年秋于上海
鲁迅先生逝世十周年祭
选自诗集《手掌集》

寂寞所自来

两堵矗立的大墙拦成去处

人似在涧中行走

方生未死之间上覆一线青天

果有自由给微风吹动真理的论争

空气随时都可像电子样予以回响

如今你落难的地方却是垃圾的五色海

惊心触目的只有城市的腐臭和死亡

数落着黑暗的时光在走向黎明

宇宙是庞大的灰色象

你站不开就看不清摸不完全

呼喊落在虚空的沙漠里

你像是打了自己一记空拳

一九四六年秋于上海

选自诗集《手掌集》

赠　别

　　　　一九四七年八月三日送之琳

为了你所追求的语言的智慧
你在知了声中
带着你的圆宝盒
离开你爱的人远了
离开爱你的朋友们远了
云水为心，海天为侣，
你要珍重，多珍重。

从陆地走向海洋
从祖国走向异乡
南洋的椰子树影又大又浓
灵魂黧黑了，只剩得贝齿一排
人类瘦小了，只剩得骨头一把
你走过香港新加坡印度和古波斯
你会自然地"悲天悯人"
可是你更会喟叹于哲学之无用
啊，人类，人类，待解放的人类。
出了苏伊士运河，换上西方世界
可是地中海的蓝水蓝天
也洗不清你我来自半殖民地的一颗心。

大不列颠全盛时期虽然过去了,
看到回来的统治者
仍然是那些作威作福的戴白太阳盔的,
由香港到伦敦
你一路就数数看有多少份《泰晤士报》;
可是时代到底不同
东方的人民由警觉中已经起来,
已经起来。

今天有人对你轻轻地说:
不离开生长的国土
不懂什么才是最难于割舍
我相信,一天待你回来时,也会如此说。
今天瘦长个子的你,孤独的你,
没奈何的你,
坐着这个稀奇古怪会划水的东西走了
我从今再不想叫它是"船"。

选自诗集《手掌集》

海上小诗

任凭船载几何万吨的重
巧夺神工地加上去罢
大海总归还是大海
芥子依然是芥子
巨鲸的讽刺只要歪一歪嘴
老水手笑着看游戏变为呕吐

一切都推出去
一切却又悄悄地回来
要你管领而虚无所有
呵　那怅触的轻丝游絮
——记忆化作春泥
问生命能死几次

青山是白骨的归藏地
海正是泪的累积
在愁苦的人间
你写不出善颂善祷的诗

一九四七年冬于太平洋上

选自《中国新诗》第二集

尼亚加拉瀑布

如猫的雾爬行于路上
树端摇撼一片天地之声
是千百处的源头水
拔木穿崖
澎湃汇聚
澎湃汇聚一齐来
都只为到此长空一泻
喷玉迸珠
液体成固
剖裂地球的心脑肝肠
你不能叹息逝者如斯
却只想赞美说
好一股自然的伟力
从洪荒世界奔放到今天

一九四八年春
选自《中国新诗》第二集

熊山一日游

八百万的人烟外

何意竟得有此幽居

流水渐濯我情怀清浅

青林渐染我生命欣新

在七曲湖边啾咭鸟啼

暂许我一日时光来与三春同始

野棠花落无人问

时间在松针上栖止

白云随意舒卷

我但愿常有这一刻过客的余闲

可是给忧患叫破了的心

今已不能　今已不能

一九四八年春于纽约市郊外

选自《中国新诗》第二集

一　念

早上起来
有写诗的心情
但纸币作蝴蝶飞
漫天是火药味
良知高声对我说
这是奢侈　矛盾　犯罪

我们已无时间品味传统
我们已无生命熔铸爱情
我们已无玄思侍奉宗教
我们如其写诗
是以被榨取的余闲
写出生活的沉痛
众人的　你的或是我的

我们在生活变成定型时就决意打破它
我们在呐喊缺乏内容时就坐下来读书
我们应知道世界何等广阔
个体写不成历史
革命有诗的热情

生活比书更丰富

如果只会写些眼睛的灾难
就呵责众人献上鲜花鲜果
当作先知或是导师供养
那我宁愿忘掉读书识字
埋头去做一名小工

一九四八年夏于上海

选自《中国新诗》第三集

春天这就来

春天这就来
冬天你走不走去?

春风
吹在大太阳的麦田里
吹醒了我的国家,我的人民
一蓝布袄子的温暖
一蓝布袄子的光明
而和平,和平
就该永远冻结在
阴黑无底的鼠穴里?

一九四八年夏于上海

选自《中国新诗》第三集

风　景*

列车轧在中国的肋骨上
一节接着一节社会问题
比邻而居的是茅屋和田野间的坟
生活距离终点这样近
夏天的土地绿得丰饶自然
兵士的新装黄得旧褪凄惨
惯爱想一路来行过的地方
说不出生疏却是一般的黯淡
瘦的耕牛和更瘦的人
都是病，不是风景！

一九四八年夏在沪杭道中

选自《中国新诗》第四集

山中所见——一棵树

你锥形的影子遮满了圆圆的井口
你独立,承受各方的风向
你在宇宙的安置中生长
因了月光的点染,你最美也不孤单

风霜锻炼你,雨露润泽你,
季节交替着,你一年就那么添了一轮
不管有意无情,你默默无言
听夏蝉噪,秋虫鸣

一九四八年夏

选自《中国新诗》第四集

夕 语

太阳照在树尖,风轻微地召唤。
明日倘再来,我将以何辞对你言说,
你应该还是少年样拥有青春,
然而生活却已令你过早地怀抱严肃的理想。
我记起了我们中间正多着戴近视眼镜的人,
这正是知识的悲哀;
我想,你我应该没有什么不同,除了
你是说的太多,做的太少。

一九四八年夏于上海

选自《中国新诗》第四集

陈敬容

陈敬容（一九一七～一九八九）

曾用笔名蓝冰、成辉、文谷。四川乐山人。中国作家协会会员。抗战前开始自学中外文学，陆续在报刊发表诗歌散文。一九三八年在成都参加中华全国文艺界抗敌协会。当过中小学教师、杂志社和书局的编辑。一九四六年到上海，从事创作和翻译。一九四八年任《中国新诗》编委。一九五六年调任《世界文学》编辑。新中国成立前主要著作有：散文集《星雨集》，诗集《交响集》《盈盈集》，译作有普里希文的童话《太阳的宝库》，以及《安徒生童话》《巴黎圣母院》。新中国成立后陆续翻译出版了《伊克巴尔诗选》《图像与花朵》，波列伏伊的短篇集《一把泥土》等。另有诗集《新鲜的焦渴》，散文集《辛苦又欢乐的旅程》《陈敬容诗文集》《陈敬容选集》等出版。诗集《老去的是时间》获一九八六年全国优秀新诗集奖。

飞 鸟

负驮着太阳,
负驮着云彩,
负驮着风……

你们的翅膀
因此而更为轻盈;
当你们轻盈地翔舞,
大地也记不起它的负重。

你们带来心灵的春天,
在我寂寥的窗上
横一幅初霁的蓝天。

我从疲乏的肩上,
卸下艰难的负荷:
屈辱、苦役……
和几个囚狱的寒冬。

将这一切完全覆盖吧,

用你们欢乐的鸣唱；
随着你们的歌声，
攀上你们轻盈的翅膀，
我的生命也仿佛化成云彩，
在高空里无忧地飞翔。

一九四五年四月二十六日于重庆磐溪

选自诗集《盈盈集》

律　动*

水波的起伏,
雨声的断续,
远钟的悠扬……

和灼热而温柔的
心的跳荡——

谁的意旨,谁的手呵,
将律动安排在
每一个动作,
每一声音响?

宇宙呼吸着,
我呼吸着;
一株草,一只蚂蚁
也呼吸着。

停匀的呼吸,
停匀的幽咽,
停匀的歌唱……

谁的意旨,谁的手呵,
将律动赋予
每一个"动"的意象?

宇宙永在着,
生命永在着,
律动,永在着。

而我的窗上,
每夜颤动着
你,永恒的星光!

一九四五年五月十六日晨于重庆磐溪
选自诗集《盈盈集》

船舶和我们

在热闹的港口，
船舶和船舶
载着不同的人群，
各自航去；

大街上人们漠然走过，
漠然地扬起尘灰，
让语音汇成一片喧嚷，
人们来来去去，
紧抱着各自的命运。

但是在风浪翻涌的海面，
船舶和船舶亲切地招手，
当他们偶然相遇；
而荒凉的深山或孤岛上，
人们的耳朵焦急地
等待着陌生的话语。

一九四五年六月二十一日晨于重庆磐溪

选自诗集《盈盈集》

划 分

我常常停步于
偶然行过的一片风
我往往迷失于
偶然飘来的一声钟
无云的蓝空
也引起我的怅望
我啜饮同样的碧意
从一株草或是一棵松

待发的船只
待振的羽翅
箭呵,惑乱的弦上
埋藏着你的飞驰
火警之夜
有奔逃的影子

在熟悉的事物面前
突然感到的陌生

将宇宙和我们

断然地划分

一九四六年三月于重庆

选自诗集《交响集》

群　象

河流
一条条
纵横在地面
街巷
一道道
交错又连绵

没有一棵草
敢自夸孤独
没有一个单音
成一句语言

手臂和手臂
在夜里接连
一双双眼睛
望着明天

一九四六年四月二日于重庆
选自诗集《交响集》

雨　后

雨后黄昏的天空，
静穆如祈祷女肩上的披巾；
树叶的碧意是一个流动的海，
烦热的躯体在那儿沐浴。

我们避雨到槐树底下，
坐着看雨后的云霞，
看黄昏退落，看黑夜行进，
看林梢闪出第一颗星星。

有什么在时间里沉睡，
带着假想的悲哀？
从岁月里常常有什么飞去，
又有什么悄悄地飞来？

我们手握着手、心靠着心，
溪水默默地向我们倾听；
当一只青蛙在草丛间跳跃，
我仿佛看见大地眨着眼睛。

一九四六年夏于上海

选自诗集《交响集》

斗士·英雄
——悼闻一多先生

匆匆地、匆匆地行走，
过一道沟、爬一个山头，
沿途抛掉无用的珍珠，
拾来砖瓦，放在疲乏的肩头。

多少房屋得要修盖，
多少道路得要开筑，
得寻找新的图样，新的器材，
怎忍歇一歇肩，停一停步。

斗士的血迹溶入尘土，
大地上年年有新草茁生；
风刮不走，水流不去——
英雄的业绩亘古长存！

一九四六年十月十一日于上海

选自上海《文汇报·笔会》

从灰尘中望出去

不可见的刀斧刻下不磨的痕迹,
十载漂流,抹不尽乱离的泪滴;
国情和人事,翻不尽的波涛,
凋尽了童心,枝枝叶叶,
全是悲愤和苦恼。

脱不尽的枷锁,
唱不完的哀歌,
冷风里难以想象阳春的煦和。
遥远的一朝忽然近在咫尺,
一转瞬又是另一个天涯。

望不断的关山,
落不尽的云霞;
时和空、深和宽、点和线……
一切在厚重的尘灰下蜷伏——
从灰尘中望出去:一角蓝天!

一九四六年十月于上海

选自上海《文汇报·笔会》

黄昏,我在你的边上

黄昏,我在你的边上
因为我是在窗子边上
这样我就像一个剪影
贴上你无限远的昏黄

白日待要走去又不走去
黑夜待要来临又没来临
吊在你的朦朦胧胧
　　你的半明半暗之间
我,和一排排发呆的屋脊

街上灯光已开始闪熠
都市在准备一个五彩的清醒
别尽在电杆下伫立
喂,流浪人,你听
音乐、音乐,假若那也算音乐
那尖嗓子带着一百度颤抖
拥抱着窒息的都市
在邪恶地笑
躲到一条又长又僻静的街上

黄昏，我这才找到你温柔的手
紧握住我的，像个老朋友
我在迷惘中猛然一回头
于是你给我讲一些
顶古老顶古老的故事
这些故事早已在我的记忆中发黄
黄得就像你的脸——
那还有一抹夕照的遥远的天边

故事里有祖父的白胡须
有母亲的绣花裙子
有故乡青石板铺成的街巷
犬吠声里分外皎洁的月亮

有北国的风雪
有塞上的冰霜
有成年成月的怀乡梦
有黄河万里寒冷的太阳

咳，东西南北里我不过是

一个看不见的小小的黑点
人说在飞机上看山川
就像是一块块积木玩具
那末人,在地球上来来去去
不就像一群群爬行在皮球上的蚂蚁

于是,哎,黄昏
你的故事令我沉默

我沉默因为黑夜将临
因为那常在的无端的凄伤和恐惧
没有风,树叶却片片飘落
向肩头掷下奇异的寒冷

黄昏,我绕了一个圈子
依旧回到你的边上
现在我听见黑夜拍动翅膀
我想攀上它,飞,飞
直到我力竭而跌落在
　　黑夜的边上

那儿就有黎明

有红艳艳的朝阳

一九四六年十月二十六日于上海

选自上海《联合晚报·诗歌与音乐》

寄雾城友人

人世并非风景,也不像写生,
哎,你雾城中的友人,
每天看浓雾看大江,
辛苦的灵魂,可还有忧患生长?

尽管学飞鸟学游鱼,
总还在这个宇宙里。
但一颗星就叫人想起千万颗星,
雾季里,也有偶然的晴明。

荒塞的凄凉和闹市的寂寞
同样沉重,而你就喘息地缩小,
有一天终又会膨胀开来,

像雨后的天空,高朗而辽阔;
滤过的泉水中泥沙绝少,
奔涛静息,水仙在岸上盈盈地开。

一九四七年十月于上海

选自诗集《交响集》

逻辑病者的春天*

一

流得太快的水
像不在流,
转得太快的轮子
像不在转,
笑得太厉害的脸孔
就像在哭,
太强烈的光耀眼,
让你像在黑暗中一样
看不见。

完整等于缺陷,
饱和等于空虚,
最大等于最小,
零等于无限。

终是古老又古老,这世界
却仿佛永远新鲜;
把老祖母的箱笼翻出来,

可以开一家漂亮的时装店。

二

多少形象、姿势、符号和声音,
我们早已厌倦;咦,
你倒是一直不老呵,这个蓝天!
温暖的春天的晨朝,
阳光里有轰炸机盘旋。

自然是一座大病院,
春天是医生,阳光是药,
叫疲敝的灵魂苏醒,
叫枯死的草木复活。

我们有一千个倦怠,一万个累,
日子无情地往背脊上堆;
可春天来了,也想
伸一伸懒腰,打两个呵欠。

尽管想象里有无边的绿,
可是水、水、水呵,
我们依旧怀抱着
不尽的渴。

三

生活在生活里,
工作、吃喝、睡眠,
有所谓而笑,有所谓而哭,
一点都不嫌突兀。

斑鸠在晴天悲鸣,
呼唤着风风雨雨——
可怜,可怜,最可怜是希望
有时就渴死在绝望里。

筑起意志的壁垒,
然后再徘徊,
你宽恕着

又痛恨着你自己。

四

睡梦里忽然刮大风,
夹带着一片犬吠,
风静后谁家的一扇
沉重的门,沉重地关上了,
仿佛就是我
被关在睡眠之外,
独听远远地
一列火车急驰的声音。

呵,西伯利亚的
寒流,早已过去——

那末现在是真正的
春天?是呵,你不见
阳光已开始软绵,
杨柳垂了丝,

大地生了绿头发,
连风也喝醉了酒?

我们只等待雷声。
雷,春天的第一阵雷,
将会惊醒虫豸们的瞌睡;
那将是真正的鸣雷,
而不仅仅是这个天空的
伤了风的咳嗽。

五

儿童节,有几个幸运儿童,
在庆祝会上装束辉煌,
行礼,背演讲辞,受奖;
而无数童工在工厂里,
被八小时十小时以上的
苦工,摧毁着健康。

欺骗和谎话本是一家,
春天呵,我们知道你有

够多的短暂的花!
追悼会,凄凉的喇叭在吹,
我们活着的,却没有工夫
一径流眼泪。

我们是现代都市里
渺小的沙丁鱼,
无论衣食住行,
全是个挤!不挤容不下你。
鸟兽虫鱼全分不到
我们的关心,
就是悲欢离合,
也都很平常,
一切被"挤"放逐,
成了空白。

昨夜梦到今朝引不起惆怅,
山山水水,失去了梦中桥梁;
清明或是中秋,
总难管风雨和月亮。

永远有话要说,有事要做,

每一个终结后面又一个开始;

一旦你如果忽然停住,

不管愿不愿,那就是死

     一九四七年四月一日至五日于上海

     选自上海《文艺复兴》二卷一期

力的前奏*

歌者蓄满了声音
在一瞬的震颤中凝神

舞者为一个姿势
拚聚了一生的呼吸

天空的云、地上的海洋
在大风暴来到之前
有着可怕的寂静

全人类的热情汇合交融
在痛苦的挣扎里守候
一个共同的黎明

一九四七年四月于上海

选自诗集《交响集》

捐　输

只是平凡中的平凡,
像一望青空,没有虹彩,
那深厚的沉默里多少蕴藏,
永远将宇宙万象深深地覆盖。

从太初鸿蒙到我们这风云世纪,
(哎,别提!)历史翻不尽一堆堆污泥;
想学原始巨人,荷一把犁锄,
深深挖进这文明的中心。

当所有的虚饰层层剥落,
将听到真理在暗中哀哭。
疾风骤雨,短暂的时辰,
为了化开云雾把一切捐输。

一九四七年八月于上海

选自《诗创造》第四期

无泪篇

> 丈夫有泪不轻弹,
> 只因未到伤心处。
>
> ——《林冲夜奔》

无数楼窗开了又关上

蒙蒙细雨

把暮春拉进秋天

远代人悲秋的心事

早凉去了

大旗飘飘

风过处一阵血腥

走遍天涯

踏尽每一条路

问谁的脚步还能够

轻轻举起

漠然地弹一弹

鞋底上粘着的泥土

听戏文掉泪

台上息去了锣鼓

台下收不住凄楚

到街上暮色苍茫

老乞丐在地上碰头

越碰越响

怪这是哪一代的春天

哪一国人的异邦

一九四七年五月九日于上海

选自诗集《交响集》

雕塑家

你手指下有汨汨的河流
把生命灌进本无生命的泥土,
多少光、影、声、色、
终于凝定,
你叩开顽石千年的梦魂;

让形象各有一席:
美女的温柔,猛虎的力,
受难者眉间无声的控诉,
先知的睿智漾起
四周一圈圈波纹。

有时万物随着你一个姿势
突然静止;
在你的斧凿下,
空间缩小,时间踌躇,
而你永远保有原始的朴素。

一九四七年六月于上海
选自诗集《交响集》

冬日黄昏桥上

桥下是污黑的河水①

桥两头是栉比的房屋

桥上是人

摩肩接踵的人

和车辆、喇叭与铃声

冬日黄昏的天空暗沉沉

将落的太阳

只增加入夜的寒冷

人们多么疲倦而焦急

低着头或是扬着脸

生命的琴键上

正奏起一片风雨之声

当夜晚到来

多少窗上要亮起灯火

多少盛筵要在

机械的笑容下展开

多少人要回家去

一面叹着气

---

① 桥指上海北四川路桥，河指苏州河。

一面咽下可怜的晚餐
当夜晚到来
多少船只要停泊在
休息的港岸
多少人要彷徨寻找
一个墙角、屋隅,或是
随便什么躲避寒风的所在
躺下去
也许从此不再起来

黑夜将要揭露
这世界的真面目
黄昏是它的序幕
这世界上有很多座桥
有很多人在这些桥上走过

一九四七年十一月二十一日于上海

选自诗集《交响集》

抗　辩

是呵，我们应该闭着眼，
不问那不许问的是非；
我们知道我们的本分只有忍受
到最后；我们还得甘心地
交出一切我们的所有，
连同被砍杀后的一堆骨头。

当无情的刀斧企图斩尽
所有会发芽的草根，
可怜的人，你却还痴心
想灌溉被诅咒的自由！
大地最善于藏污纳垢，
却容不下一粒倔强的种子，
尽管真理苦苦地哀求。
你愤怒、抗辩、咬碎你的牙齿——
那全是活该，你还得一样样挨过：
暴戾的风雨，惨毒的日头……

一九四八年春于上海

选自《中国新诗》第一集

题罗丹作《春》*

多少个寒冬、长夜,
岩石里锁住未知的春天,
旷野的风,旋动四方的
云彩,凝成血和肉,
等待,不断地等待……

应和着什么呼唤你终于
起来,跃出牢固的沉默,
扇起了久久埋藏的火焰?
一切声音颤栗地
静息,都在凝神倾听——
生命,你最初和最后的语言。

原始的热情在这里停止了
叹息,渴意的嘴唇在这里才初次
密合;当生长的愿望
透过雨、透过雾,伴同着阳光
醒来,风不敢惊动,云也躲开。

哦,庄严宇宙的创造,本来
不是用矜持,而是用爱。

一九四八年春于上海
选自《中国新诗》第五集

珠和觅珠人*

珠在蚌里,它有一个等待
它知道最高的幸福是
给予,不是苦苦的沉埋
许多天的阳光,许多夜的月光
还有不时的风雨掀起白浪
这一切它早已收受
在它的成长中,变作了它的
所有。在密合的蚌壳里
它倾听四方的脚步
有的急促,有的踌躇
纷纷沓沓的那些脚步
走过了,它紧敛住自己的
光,不在不适当的时候闪露
然而它有一个等待
它知道觅珠人正从哪一方向
带着怎样的真挚和热望
向它走来;那时它便要揭起
隐蔽的纱网,庄严地向生命
展开,投进一个全新的世界。

一九四八年春于上海

选自《中国新诗》第三集

出　发

当夜草悄悄透青的时候,
有个消息低声传遍了宇宙——

是什么在暗影中潜生?
什么火,什么光,
什么样的颤栗的手?
哦,不要问;不要管道路
有多么陌生,不要记起身背后
蠕动着多少记忆的毒蛇,
欢乐和悲苦、期许和失望……
踏过一道道倾圮的城墙,
让将死的世纪梦沉沉地睡。

当夜草悄悄透青的时候,
有个消息低声传遍了宇宙——

时间的陷害拦不住我们,
荒凉的远代不是早已经
有过那光明的第一盏灯?
残暴的文明,正在用虚伪和阴谋,

虐杀原始的人性,让我们首先
是我们自己;每一种蜕变
各自有不同的开始与完成。

当夜草悄悄透青的时候,
有个消息低声传遍了宇宙——

从一个点引申出无数条线。
一个点,一个小小的圆点,
它通向无数个更大的圆。
呵,不能让狡猾的谎话
把我们欺骗!让我们出发,
在每一个抛弃了黑夜的早晨。

一九四八年夏于上海

选自《中国新诗》第三集

杜运燮

杜运燮（一九一八～二〇〇二）

曾用笔名吴进。原籍福建省古田县，生于马来西亚霹雳州实吊远的农村。中国作家协会会员。一九四五年毕业于西南联合大学外国语文系。曾在新加坡和香港担任中学教师和报纸编辑。一九五一年后在北京新华通讯社国际部工作，主要著作有：诗集《诗四十首》《南音集》《晚稻集》《你是我爱的第一个》《杜运燮诗精选100首》《杜运燮60年诗选》，散文集《热带风光》《热带三友·朦胧诗》，诗文选《海城路上的求索》等。

无　题

山暗下来，树挤成一堆，
　　花草再没有颜色；
亲爱的，你的眸子更黑，
　　更亮，在烧灼我的脉搏。
请再掀动你的嘴唇，
我要更多的眩晕：我们
　　已在地球的旋转里，
　　带着灿烂的星群。

原谅我一再给自己下命令，
　　又撤销，不断在诅咒；
站着警察的城里飘来嗄声：
　　有时威胁，有时诉苦；
但现在，亲爱的，只向远飞，
让我们溶解，让我们忏悔
　　那性急的不祥哭泣，
　　和那可耻的妒忌。

让我们像那细白的两朵云，
　　更远更轻，终于消失

在平静的蓝色里,人们再不能
　　批评他们的罗曼史;
泛滥而无法疏导,我们
就靠紧,回忆幸福,美丽的梦,
　　在无言的相接里交流,
　　看黄昏的朦胧悄悄被带走。

一九四二年于昆明

选自闻一多编《现代诗钞》

夜*

今夜我忽然发现
树有另一种美丽：
它为我撑起一面
蓝色纯净的天空；

零乱的叶与叶中间，
争长着玲珑星子，
落叶的秃枝挑着
最圆最圆的金月。

叶片飘然飞下来，
仿佛远方的面孔，
一到地面发出"杀"，
我才听见絮语的风。

风从远处村里来，
带着质朴的羞涩；
狗伤风了，人多仇恨，

牛群相偎着颤栗。

两只幽默的黑鸟,
不绝地学人打鼾,
忽然又大笑一声,
飞入朦胧的深山。

多少热心的小虫
以为我是个知音,
奏起所有的新曲,
悲观得令我伤心。

夜深了,心沉得深,
深处究竟比较冷,
压力大,心觉得疼,
想变作雄鸡大叫几声。

一九四四年于印度

选自《诗四十首》

月*

年龄没有减少
你女性的魔力,
忠实的纯洁爱情,
(看遍地梦的眼睛)
今夜的一如古昔。

科学家想贬抑你,
说你只是个小星,
寒冷而没有人色,
得到亿万人的倾心,
还是靠太阳的势力;

白天你永远躲在家里,
晚上才洗干净出来,
带一队亮眼睛的星子
徘徊,徘徊到天亮,
因为打寒噤才回去。

但贬抑并没有减少
对你的饥饿的爱情,
电灯只是电灯,唯有你
才能超越时间与风景

激起情感的普遍泛滥：

一对年青人花瓣一般
飘上河边的失修草场，
低唱流行的老歌，背诵
应景的警句，苍白的河水
拉扯着垃圾闪闪而流；

异邦的旅客枯叶一般
被桥栏挡住在桥的一边，
念李白的诗句，咀嚼着
"低头思故乡"、"思故乡"，
仿佛故乡是一块橡皮糖；

褴褛的苦力烂布一般
被丢弃在路旁，生半死的火
相对沉默，树上剩余的
点点金光就跳闪在脸上
失望地在踯躅寻找诗行；

我像满载难民的破船
失了舵在柏油马路上

航行,后面已经没有家,
前面不知有没有沙滩,
望着天,分析狗吠的情感。

今夜一如其他的夜,
我们在地上不免狭窄,
你有女性的文静,欣赏
这一片奇怪的波澜,露着
孙女的羞涩与祖母的慈祥。

一九四四年于印度

选自《诗四十首》

追物价的人[*]

物价已是抗战的红人。
从前同我一样,用腿走,
现在不但有汽车,坐飞机,
还结识了不少要人、阔人,
他们都捧他,搂他,提拔他,
他的身体便如烟一般轻,
飞。但我得赶上他,不能落伍。
抗战是伟大的时代,不能落伍。
虽然我已经把温暖的家丢掉,
把好衣服厚衣服,把心爱的书丢掉,
还把妻子儿女的嫩肉丢掉,
而我还是太重,太重,走不动,
让物价在报纸上,陈列窗里,
统计家的笔下,随便嘲笑我。
啊,是我不行,我还存有太多的肉,
还有菜色的妻子儿女,她们也有肉,
还有重重补丁的破衣,它们也太重,
这些都应该丢掉。为了抗战,
为了抗战,我们都应该不落伍,
看看人家物价在飞,赶快迎头赶上,

即使是轻如鸿毛的死,

也不要计较,就是不要落伍。

一九四五年于昆明

选自《诗四十首》

雾

它的目的在使我们孤独,
使我们污浊,轮廓模糊;
把人群变为囚徒,把每个人
都关进白色无门窗的监狱,
把都市变为房屋,把森林
变为树木,把无垠大地变为岛屿……

但可怜它并没有想到,就在
我为严寒与疲劳所驱逼,
蜷曲在冻结的棉絮里,而它在
墙外把我的斗室团团围住,
把它变为潮湿的土穴的时候,
我一样可以看到那各方的人群,
他们的步伐与怒吼,海洋的澎湃,

树木在暴风雨中都高高挥舞起
激昂的手臂,绵绵的细草大胆地
也要相率摆脱大地而远扬;
我一样也看见黑夜一转瞬间
在晨鸟的歌声中狼狈而逃;

春天的田野在短短的一夜之间
穿戴起所有美丽的花朵与露珠。

而且我觉得从没有看得这么清楚,
从没有感觉过能这样高瞻远瞩。

一九四五年于重庆

选自《诗四十首》

山

来自平原,而只好放弃平原;
植根于地球,却更想植根于云汉;
茫茫平原的升华,它幻梦的形象,
大家自豪有他,他却永远不满。

他向往的是高远变化万千的天空,
有无尽光热的太阳,博学含蓄的月亮,
笑眼的星群,生命力最丰富的风,
戴雪帽享受寂静冬日的安详。

还喜欢一些有音乐天才的流水,
挂一面瀑布,唱悦耳的质朴山歌;
或者孤独的古庙,招引善男信女俯跪,
有暮鼓晨钟单调地诉说某种饥饿;

或者一些怪人隐士,羡慕他,追随他,
欣赏人海的波涛起伏,却只能孤独地
生活,到夜里,梦着流水流着梦,

回到平原上唯一甜蜜的童年记忆。

他追求,所以不满足,所以更追求:
他没有桃花,没有牛羊、炊烟、村落;
可以鸟瞰,有更多空气,也有更多石头;
因为他只好离开他必需的,他永远寂寞。

一九四五年于昆明

选自《诗四十首》

登龙门[1]*

造物者在沉思：丰厚的静穆！
他正凝神在修改他的创作。
至高的耐性与信心使他永远微笑，
为作品的完成，他要不倦地思索。
无数小舌头在湖面上竞吐着，
也想为它们的主人解释什么；
帆船静止了，又慢慢航行：
是个好意象，也使他顿感寂寞。

人类在那边喧嚣着居住，
结群而隔离，他们没有快乐；
营造各式的房子，一样的封闭；
穿着鞋子，诅咒命运的刻薄；
美树为自己画朦胧的倒影，
还围绕一道小堤，鸭步婆娑；
每家的田里都有好看的绿色，
只是有田埂，涂写太多的"你""我"。

微风如灵感，不绝地从水面流过，

---

[1] 昆明郊区胜地西山，面临八百里滇池，其最高处称龙门。

远山的顶巅有阳光不断闪烁；
白色的鸟翅颠簸着匆匆掠过，
云影在水底被浸成没有轮廓。
忽然她抬头，笑容满面，伸着手，
连说"有了，有了"，望远处指着，
原来阳光又烧白了另一块
大云彩，湖树后面还有村落。

一九四五年于昆明

选自《诗四十首》

落　叶

一年年地落，落，毫不吝惜地扔到各个角落，
又一年年地绿，绿，挂上枝头，暖人心窝。
无论多少人在春天赞许，为新生的嫩绿而惊喜，
到秋天还是同样，一团又一团地被丢进沟壑。

好像一个严肃的艺术家，总是勤劳地，耐性地，
挥动充满激情的手，又挥动有责任感的手，
写了又撕掉丢掉，撕掉丢掉了又写，又写，
没有创造出最满意的完美作品，绝不甘休。

一九四八年

选自新加坡《学生周报》

雷

随着陆陆续续的闪电警告:他们来了!
阵阵风都传播着到来的确讯:他们来了!
每一叶片每一枝条都遥指着:他们来了!
每双眼睛在渴望,每张嘴在颤动:他们来了!

越过一张又一张被撕掉的树叶标语,他们来了!
越过一个又一个监狱的铁窗,他们来了!
越过一条又一条报纸上的捏造消息,他们来了!
越过一堆又一堆难忘的血泊,他们来了!

为着撕人心肺的被窒息的呻吟声,他们来了!
为着惨绝人寰的最底层的挣扎声,他们来了!
为着回响在无数街道和炕头的怒吼声,他们来了!
那就是冲破冰冻严寒的春雷欢呼声:他们来了!

一九四八年于新加坡

选自《中国新诗》第五集

善诉苦者

他曾读过够多的书,
帮助他发现不满足;
曾花过父亲够多的钱,
使他对物质享受念念
不忘,也曾参加过游行,
烧掉一层薄薄的热情,
使他对革命表示"冷静"。

后来又受弗洛伊德的洗礼,
对人对己总忘不了"自卑心理";
又看过好莱坞"心理分析"的
影片,偷偷研究过犬儒主义,
对自己的姿态却有绝大的信心,
嘲笑他成为鼓励他,劝告是愚蠢,
怜悯他只能引来更多的反怜悯。

母亲又给他足够的小聪明
装饰成"天才",时时顾影自怜;
怨"阶级""时代"不对,使他不幸,
竟也说得圆一套话使人摸不清,

他唯一的熟练技巧就是诉苦,
谈话中夹满受委屈的标点,
许多人还称赞他"很有风度"。

一九四八年于新加坡
选自《中国新诗》第三集

狗

有了主人,就只会垂耳摇尾了;
进了书房,就只会睡觉了;女主人
上街时忽然需要一个装饰,
它也学会戴上洋派的硬领;

学会读老爷的日常脸色,
敷衍少爷小姐们的爱玩脾气,
接受了恩赐的安全,甘心情愿地
收起祖祖辈辈使用的生存武器。

因此也厌倦起原野和古森林,
轻视过去伙伴们相扑相咬的欢乐,
失去长嚎的热情:因此嗓子也变了,
只会咿唔撒娇,咳嗽着报告有客。

一九四八年于新加坡

选自新加坡《学生周报》

闪　电*

有乌云蔽天,你就出来发言;
有暴风雨将来临,你先知道;
有海燕飞翔,你指点怒潮狂飙。

你的满腔愤慨太激烈,
被压抑的语言太苦太多,
却想在一秒钟唱出所有战歌。

为此你就焦急,显得痛苦,
更令我们常常感到羞惭:
不能完全领会你的诗行。

你给我们揭示半壁天空,
我们所得的只是一阵惊愕,
虽然我们也常以为懂得很多。

雷霆暴风雨终将随之而来,
但我们常常都来不及思索,
在事后才对你的预言讴歌。

因此你感到责任更重,更急迫,
想在刹那间把千载的黑暗点破,
雨季到了,你必须讲得更多。

一九四八年于新加坡
选自《中国新诗》第一集

杭约赫

杭约赫（一九一七～一九九五）

原名曹辛之。曾用笔名曹吾、曹辛、孔休、江天漠、曲公等。江苏宜兴人。中国美术家协会会员。抗战前在江苏省立陶瓷学校和教育学院读书。做过小学教师，办文艺刊物《平话》。抗战开始，赴山西入民族革命大学；一九三八年到延安，在陕北公学和鲁迅艺术学院学习。一九三九年调抗战建国教学团，在晋察冀边区工作。一九四〇年到重庆，在生活书店工作。一九四七年在上海办《诗创造》和《中国新诗》月刊，一九四九年调北京三联书店工作，任美编室主任。后任人民美术出版社编审，《诗书画》报主编，中国装帧艺术研究会会长。装帧设计的《苏加诺总统藏画集》（合作）获一九五九年莱比锡国际书籍展览会装帧设计金质奖，《郭沫若全集》获第三届全国书籍装帧展封面设计荣誉奖等。主要作品有：诗集《撷星草》《噩梦录》《火烧的城》，长诗《复活的土地》，有《曹辛之集》出版。

神 话

在那金色的高原上,
人们在创建自己的天堂:

像块巨大的宝石,
在金河的岸上放光。

老年人嘴边的神话,
不再是荒诞的幻想。

干瘪的土地流了乳汁,
歌声从黑夜响到天亮。

白胡子和黑头发一样年青,
拿锄头的也能使用刀枪。

千年的桎梏一齐打碎,
人类在那儿有了新的希望。

千万人心里亮着它的名字,
千万人冒着死生去寻访。

哪怕山高路遥、雨狂风暴,
像江河汇流海洋,谁的心不朝向太阳?

一九四三年于重庆
选自诗集《撷星草》

拓 荒

上帝给了你们一块穷山恶水,
饥寒和灾难霸占了这片天地;
你们却不甘愿领受他的吩咐,
要教枯黄的土地去变换颜色。

在苦海上来开辟自己的乐园,
曾被幸福和温饱遗弃的地方,
从你们手掌里,已经瓜菜满地
粮食满囤、骡马成群、猪羊满圈。

年近半百的人现在找到了家,
血丝和汗滴里发见新的奇迹,
征服了天和地,方称得上英雄。

我们企望着地狱都变成天堂,
这星球上有多少荒芜的土地,
在等待着辛劳的子女去开垦。

一九四四年于重庆

选自诗集《撷星草》

誓

从一团浑沌里,你艰辛的爬了来,
为那些无知的子孙,教花儿放香、
花儿结果,教悖逆的生命知道情爱。
教有声音的也能思想,也有光亮。

原为了给你温暖,窃火者
由神祇的殿堂里取来了火;
玩火的却用它来焚烧你的发、
你的皮肉,焚烧你慈悲的心窝。

吮吸了你的乳汁,还要流你的血,
他们无休止地将你糟蹋,
这浩劫刺透了心,你替自己的厄运咽泣。

为报答你的恩惠,千万子孙染红了手,
将不肖的从一切有声音的地方歼灭,
谁忍心再让你向苍苍的天宇去呼救!

一九四四年于重庆

选自诗集《撷星草》

寄给北方的弟弟

我们生长在一家破落的门庭里,
一个寡妇用眼泪和汗水将你我抚养。
等到我们的羽毛刚刚丰满,迎着
烽烟,离开了铁蹄践踏的家乡。

我们到高原去把"母亲"寻访,
我们到新世界里学习翱翔。
在以马料作食粮的日子里,你和
那些年轻的伙伴,炼成了副铁肩膀。

为了驱逐贪婪、凶顽的侵略者,
为了实现一个共同的美好理想。
今天,我们生活在两个不同的天地:你那里
炮火连天,我这里也是不平静的战场。

眼前的道路是那样崎岖、坎坷,
这山城阴雾蒙蒙,狐鼠猖狂。
该是黎明前胜利到来的征兆吧,

胜利的脚步,不是已经从北方走向南方。

这艰难的历程快到尽头,相信不久——
我会穿过巴峡巫峡,直下襄阳洛阳;
我们将会师长江,我们将结伴还乡。
此刻,专心去使用你的笔、你的枪。

一九四五年春于重庆

选自诗集《撷星草》

六 行*
　　——赠梅

多少阵杂沓的音响,掠过你身旁,
一片玉瓣,是一滴生命,
剥落了生命,你召来燕语和莺啼。

感谢你在我心里投下温馨与希望,
将我从苍白的国度带向绿色世界,
而你却在绿色的世界里凋谢。

　　　　　　　　　　一九四五年于重庆
　　　　　　　　　　选自诗集《撷星草》

噩 梦

不是守防边疆,又不是护卫
血地,你们要挂着哭声离开,
母亲揉着干瘪的乳头啜泣,
几千年了,我还要写《石壕吏》。

谁不是亲人们的"心肝宝贝",
破旧的摇篮还不忍得抛弃;
谁不是好丈夫、母亲的孝子,
现在要让田园去收养野草。

百年的怨仇不去报,教你们
举着来自海外的凶器,厮杀
自己的弟兄,听号音的"帝达"。

弟兄们的血流在一起,母亲的
泪流在一起。遍地狗哭狼嗥,
从此"英雄"有了用武的地方。

一九四六年于上海

选自诗集《噩梦录》

知识分子

多向往旧日的世界,
你读破了名人传记:
一片月光、一瓶萤火
墙洞里搁一顶纱帽。

在鼻子前挂面镜子,
到街坊去买本相书。
谁安于这淡茶粗饭,
脱下布衣直上青云。

千担壮志,埋入书卷,
万年历史不会骗人。
但如今你齿落鬓白,
门前的秋叶没了路。

这件旧长衫拖累住
你,空守了半世窗子。

一九四六年十二月于上海

选自诗集《火烧的城》

启 示

我们常常迷失在自己的小世界里,
拾到一枚贝壳,捉到一个青虫,
都会引来一阵欣喜。好像
这世界已经属于自己,而自己却
被一团朦胧困守住,
翻过来、跳过去,在一只手掌心里。

有一天忽然醒来,
烧焦了自己的须发,
从水里的游鱼、天空的飞鸟
得到了启示。于是
涉过水、爬过山,
抛弃了心爱的镜子,
开始向自己的世界外去找寻世界。

路旁石缝里的一株小草,
悬崖下的一泓泉水,
还有那些蹦蹦跳跳的小动物,
都在告诉我们一段经历,
教我们怎样去磨炼自己,

从这个起点到另一个起点。

今天,我们不会再轻易去叹息——
一朵花的凋谢,月亮的残缺;
一粒星的陨落,一只蛋壳的破裂,
都给我们预示了将要来到的

一些忧患,都给我们指点了
面前的路。
因它们生命的变幻
填平了多少崎岖和坎坷,
领我们到一个新的世界
——自己的世界外的世界。

一九四七年六月于上海

选自诗集《火烧的城》

感　谢

你曾经是个幸运的赌徒，
我们把躯体、理想和财富
来换取公众的安乐和延续；
一切捐输都成了你的筹码。

今天，我们需要遗弃战争，
炸裂的乳房等候调养；
而你却还当我们是一群野牛，
会在你晃动的旗子下去冲锋！

谁再在新闻纸上竖立信心，六个月
又六个月，黄河的水泛入了长江。
凭这浸透了海腥的废铁和沙药，
怎阻得住一个转移，又一个转移。

理性教会了我们思想，
反叛的手，将如森林，
是你训练成我们粗暴，

以最猛的速率向你退却。

荷锄的思念着土地,
多年的梦想这时正好实现,
"感谢"你给了我们法则,
转向你,夺取我们合理的生活!

一九四八年四月于上海
选自《中国新诗》第一集

最后的演出

要我们用爆竹来表示喜悦,
要我们悬挂旗子来表示庆贺,
要我们举起手来向你欢呼;
你笑着,来扮演这最后一场杰作。

记忆和理性是一对孪生子,
我们也曾学习着忘却:
把十年的血仇和着泪咽下去,
捧住你,支持一个生死的搏斗。

自从你背叛了人性和你的诺言,
旧日的疮疤又复在我们心头绽开。
贪婪的欲望你只能完成一半,
这出单调的闹剧由你拼凑的班子

簇拥着你登场,多堂皇的戏码呵。
爆竹、悬旗、欢呼,你明白
这掩压不住四周的风声雨声;

你痉挛的笑,笑得发抖。你明白

我们是用绳子拴来的观众,
以充血的眼睛来欣赏你
最后一段演技,亿万个
呼号和掌声,在我们召唤里等待。

一九四八年五月于上海
选自《中国新诗》第一集

跨出门去的

——写在李公朴先生殉难的第二周年

第一章

当你的名字，第一次被人们熟悉，
灾祸便和你，结成了亲密的弟兄。
一天，你悲吭的歌声沸腾了世界，
这个垂危的古国，在战争里得救。

人们从图片文字上，描绘你一络胡须，
比年青人更年轻，年青人举你当旗帜。
八年的岁月，拣最危险地带寻觅安全，
执着如诗人，你鼓舞起战士们的爱情。

伟大的理想，完成一个热烈开始；
战争接着战争，假借的野心重新
猖獗。纠正历史越轨你押上生命：
"跨出了门，就不打算再跨进门来！"

谋杀与谎言，稳定不了这跛足的统治，
二十四回月圆里，遭遇多少惊心奇迹。
你的躯体变成灰，滋养了茁壮的苗芽，

看他们带着你丰盛的生命,开花结实。

第二章

在马槽的旁边,在庙廊的下面,
在沉重的炮声和走不完的山沟里,
我们听解放的号音来集合,
到刚开垦的土地上学习播种。

看这一片清新的绿色,曾融合了
我们多少生命,它也把生命的
技能传授给我们。充满
信心,回到这块不毛之地,
纵然魔鬼像屋瓦一样多。

你一直跑在我们前面,
跨过金色的诱惑、无数次
牢狱和死亡,一生的忧患
便是个好榜样。记着你的
名字,我们将永远伴着勇敢。

你曾经比喻自己是座桥,
一群群年青人通过你走向
耶路撒冷;现在,你横下了
身体,更像一座桥,迎来
人的觉识,和一个丰收的世界。

在燃烧的荆棘里,
穿越白热的火候,你安顿进
一只小小的瓦罐。过去你肩负了
这片土地的命运,现在这片
土地要来偿付你的理想。

第三章

有时星球要殒灭,未成熟的
果实会跌落,多少不测的
灾害,在我们每一秒钟里
我们每一寸空间里埋伏。

有人想回避它,失足堕入

死亡的泥坑；有人勇敢地
踏过，完成了人的荣耀和
历史的庄严。人间与冥世

仿佛相通，许多熟稔的
朋友，跨出门去便没有
回来。你，来不及用语言

告别，我们竟要把相逢
拟订在世界的外边，让
悲悼化作催生的春风。

一九四八年七月于上海

选自《中国新诗》第三集

最初的蜜
　　——写给在狱中的M

你最爱那脚下的路,路
我也爱。记得有人说过
不用担心到达,重要的
是走哪条路。看它是否

朝着我们挑选的方向。
在路上,我们相遇了又
离开,爱情咬得我们好
苦。而你这初生的牛犊

凭幻想的翅膀,去冲破
世俗平庸的网罗。自从
你领悟了人生的真谛:
自由不只属于你,不只

属于我,人类的共同的
命运——这爱情的坚贞和
永恒的基础。我们怀着
顽强的信念,去探索去

追求,在生活的海洋里
不再感到孤单与寂寞。
纵然命途多舛,满天的
阴云如墨,为迎接朝阳

准备着:随时献出自己
有多少好兄弟、好姊妹
在我们前面走过去了。
跟上,去完成这伟大的

历史使命!而今你刚刚
迈出这第一步,陷阱便
收留下你——一个严峻的
黎明前的考验:酷刑和

铁窗生活,较破灭爱情
更现实的痛苦。这是段
极难挨的时间哩!我们
相隔如重山——三尺之地

呵呵你热爱那路,现在
你的路,在我们的脚下
生命的意义,为了征服
它,你已尝到最初的蜜

一九四八年九月于上海

选自《中国新诗》第五集

复活的土地（选段）*

序　诗

常常我们捕捉理想，有时
也为理想捕捉。给安放进
一个无底的梦魇里，从
交错的黑夜与白昼之间徘徊

啊，漫长的日子——带着呐喊
和哭泣，在我们生活里滤过：
雷那样震动，电那样闪烁，
山洪那样一齐跃出地面

一齐举起颤栗的手，夺取"人"的
位置，充实这多年空虚的躯壳，
从此，有山、有水、有房子的地方

也会有人。这失去了歌唱的国度，
让我们用彩色的笔来谱写乐曲。
告诉孩子们，这个童话的诞生——

第二章　饕餮的海

I
早上，由于太少的睡眠，
带着昨天的困惑，推开
窗子。见轻快的
小跑步，闪过
那半爿汗水淋漓的脸孔，
从他颤栗的手里，接过来这个
颤栗的世界———大标题、小标题
统率着黑压压的一队队
千军万马，一块块雄壮的阵营
和高朗的吼叫，组合了这片
锦绣。这是一种日常的
演习——不再新鲜的新闻。

透过浓重的层层迷雾，
我们震惊于这个刀光剑影的
舞台：每一次小小的杀伤，
都像自己在身受。记忆和

书本,丰富了我们今天的感触,
使生命向前伸展,也向后延长,更
清清楚楚这闪闪烁烁的现在,
提醒你所站的基石——安全
和危难。我们不再是这个
世界的看客,每天、每小时
每一秒钟里,那些奉献了生命的,
都是为了你,为了我,为了我们
是人类;每一个倒下去的
停止流动的血液,都会在我们
心里汇合成狂澜。

    天天,我们
摊开这臃肿着谎言的报纸,
埋伏在伤疤下的感情的泉流,
一次又一次的汹涌,汹涌又
静止,让你深深地咀嚼
现实所给予人们的痛苦和喜悦,
年轻的历史悄悄地走来,把它
占有的空间和时间,展露给
我们,化身为一件负荷,

从这个辽阔的世界,到每人
出生的血地——像一头牡牛,
拖着这片沉重的犁,将
僵硬的土块翻转,
笑开嘴,来迎候绿色。

Ⅱ
我们冲出这间窒息的
弥漫着噩梦和
　　　虚妄的屋子,
把文字上的骗术留在
门窗里。我们到
街上去,到街上去……

到街上去,这回旋着热流
却见不着阳光的沟渠,人们
像发酵的污水,从每一扇门里
每一个家宅的港口,冒着蒸气
淌出,泛滥在宽阔而窄狭的
马路上。

高大的建筑物——化石了的
巨人，从所有的屋脊上升起，
它令你掉落帽子，燃烧起欲望，
也使人发觉自己不过是一只
可怜的蚂蚁。生命的渺小
也如同蚂蚁：每天，车轮滚过去
都有被卷走的生命，潮湿的
廊檐下，都有冻僵的生命；
喧闹的人行道上，都有
昏厥的生命，森严的监房里
都有失踪的生命……但是，这是
上海——都市的花朵，人们
带着各式各样的梦想来到
这里，积聚起智慧和劳力，
一座垃圾堆，现在是一座
天堂。

　　我们到街上去，
我们游泳在天堂的银河里。

呵你听,这是天堂的音乐,这是
音乐吗?使我们的耳膜膨胀的,
使我们的呼吸压缩的——这些
拥挤得不留一丝空隙的人潮的
澎湃,马达——那疟疾症患者的震颤,
喇叭和尖厉的铜笛的和鸣……
停住!黑色的警备车,白色的
救护车,红色的消防车——接踵地
从你刚止住脚步如冒号的边上擦过
划过,飞过,咆哮着
狂暴得使每一粒灰砂都颤栗的
怪声……这不是音乐
(也许这正是音乐),音乐却
充塞在我们所有的空间里,开足
马力,以最强音来竞赛
诱惑或者掠夺。我们是
蚂蚁,也是鱼,我们是浴在
音乐的洄流里的鱼。你听,你听:

那厢的花儿朵朵开

你偏偏的不去采

这厢的花儿含苞放

  你对对的飞过来

飞过来,飞过来!太多的
赛伦①做了每家橱窗里的
金丝雀,它惹引着花花绿绿的游客
来到它底身旁沉迷。季节的
颜色,由它的更易来转换。你听
你听——

  Y IY IY IY IY　IY 人儿一去
 音讯杳 Y IY IY IY IY
  IY　**我的心碎了**

你听,呵这又是音乐,这是
音乐?呵,这是个音乐的牢狱!
这一个音圈困住了一串耳朵,另
一个音圈囚禁了一阵哄笑。

---

① 希腊神话中海上的女妖,以音乐迷惑航海人,闻者如醉如痴,驶而就之,即为所食。

逃走吧，我们从这许多许多
音圈里穿过、穿过，我们失落了
自己的声音，但愿连同自己的
声音一齐失落了这些——音乐。
逃走吧，避开这群饥饿淫荡的
兽，越过去，越过这片
音乐的虐杀……

　　　　　　呵，音乐的虐杀！
这惊心肉跳的魔鬼的诱惑，它
虐杀我们的听觉，也虐杀了
它那两片抹着夕阳的
嘴唇，同样是出身在泥淖里，
却受命于一个恶毒的阴谋，吐出
自己的血丝去散布黄色的
迷药，使这块土地变成它的
领地，随同自身的糜烂
无数个良心在蛀蚀。

唉，我的好上帝，假如你
给了我们个赤裸的心，也

给我们一个赤裸的宇宙吧。

Ⅲ

这是上海——纽约、伦敦、巴黎的
姊妹。你瞧,从我们身边
挺胸直腿的跨过去,跳跃着赶到
我们前面去的,这些黄发碧眼的
异国人,过去曾经成为这里的
主子,我们跟着他们转过那一段
灰砂的路,在他们的指挥棍和
黑房子里面学会了扮作
绅士,遂撤走那块刺眼的木牌:
　　"中国人和狗不准入内!"
今天,我们重新做了这里的主人,看
见骄傲的同胞的排泄物可以随意挂在
花枝上;而一部辛酸的历史却
遗失在白痴的狂欢里。让我们把它
找回来,这里的每块砖瓦,每根
电杆木都会告诉你:我们这翻边的
裤脚和必需系在颈项上的精致的

领带的来历——

  我们曾经被
无知和偏见监护在这个动物园里,
一旦懦怯和顺从给赞扬成美德,
这片荒芜的土地便变成了
冒险家们的乐园:多少不同的
旗帜和语言,万里迢迢
奔来垦殖,用他们的魔法
在过分熟悉又陌生的我们的国度里
经营,十八个省份的财富向这里集中——
一个拥有全世界最廉价的劳动,和
众多的顾客的大市场。看哪!
这些拥挤的空旷的大厦,这些
蔽天的栉比的洋楼,这些
贯穿云雾的烟突,这些闪烁的
刺眼的霓虹灯,这些带鱼似的
头尾相接的小轿车,这些像
永不萎谢的娇女郎和抚持她们

爱情的葛藤的体面绅士……

呵,这真是个"文明"的都市——纽约
伦敦、巴黎的姊妹。这也是个
永无止歇的角逐的战场,供给
聪明人施展伎俩的大赌窟,
错乱的神经在这里组织,一切都是
商品,提高或是贬抑,它们的
身价操纵于写字间里的
白热的时间——听
电流的震荡。

　　　要淘金的来,爱
享乐的,来!感激慷慨的
"二房东"的周全设计:扫清
道路,腾空屋子,运来最精美的
货物和锐利的武器,为我们
安排下这许多机会和舒适的
生活——欢迎,你显贵的豪客,
欢迎,你失意的将军;欢迎,

你挂冠的官长;欢迎,你
乡村里的土财主;欢迎,你勇敢的
走险者;欢迎,你追求理想的年青人,你
爱好新奇的观光者……都来,
都来!这是
上海,这是个丰富的海。
　　这是个丰富的海,而我们
是一枚针,投进海里便再找不着
自己。你听,你听:

不欢更何待

　人生难得几回醉

干杯,干杯!这是上海,我们
来吮吸这个海,也被这个饕餮的
海——吞噬。

　　人生难得几回醉

　　　不欢更何待

这一分钟属于自己,便尽情地
将它化掉。来哦来哦,灼热的
爵士乐给了我们太多的蛊惑,有
你的青春,我的时间,舞吧,
扭动你的腰身,舞吧,小猫咪
小白兔、小亲亲呀,不要轻易放过,
现在是第二个十一点四十五分。

这是上海——荒淫的海。

IV
海上有船帆漂来,
载来空心的夜明表,和
厚密的帐幔,给这片昏沉的
天地保有了最末的一刻时辰。

这是破坏错误的时间,一个
短暂的永夜。魔术师的手杖
和帽子,使我们的耕地变幻为
舞池,使我们的血液和汗滴

酿成酒浆,使人不再像
人——一群可悲的疯狂的廿世纪的
兽。人与人之间稀薄的友情
是张绷紧的笛膜:吹出美妙的
小曲,有时只剩下一支嘶哑的竹管。
呵,可怖的无血的冷酷的人类底
花园呵!踏进去,你瞧:满屋的
骷髅,满街的灵柩——一个
精神杀戮的屠场。
     但他们的催眠术
怎么能久长,对温饱和呼吸的
要求,一切巫术都不会灵验。
自从人类的劳动被掌握于不平的
制度,从巨大的机器到精小的玩具
他们的主人已经失去了
自身的权利,奉献全部时间,用
含泪的微笑、无望的哀告来扮演
可怜的猴子。
    会说话的猴子,在
世界的动物园里,远不如

一百头狗。你看你看,这
泛滥的街河里,淤渍着的是一堆堆
泥沙吗?他们哀哀地叫呀,他们
向你伸着枯槁的手呀。有人看见
一具腐尸,启发了他拯救世界的
心愿。眼前这许多褴褛的生灵,
不是告诉了你和我,失业与饥寒
已经把守在我们的门口,一个
亘古未有的风暴就要
到来。不,这风暴已经到来。
年轻的哈利路亚,年迈的
南无阿弥,都无力
挽救这倾斜的倒悬的塔;
一切科学上的发见,在这里都只是
浪费。人民如浸在水里的
坦塔拉斯①,谁还能忍受这
长久的饥渴。好心肠的

---

① 希腊神话中的人物,坦塔拉斯因得罪诸神,罚入地狱,浸身水中,水与颔平。但他口渴欲饮时,水即下退;又头上垂果累累,但腹饥欲食时,果实即上升。

老人不再教孩子们学习宽恕,
不再拨那光润的佛珠,用
呢喃的祈祷来解脱这人世的劫数。
高耸的十字架,被
数不清的冤屈和命案淹没了。
一次次的骚动:哭泣和歌唱,
歌唱和呼喊,已经无法分辨。
生存的欲求,从墙上到地面
一层层凝固又剥落。徒手的杂色的
队列,向那些张开的口——吸血的
口和枪口走去,生命的旗帜
扬起来,再扬起来,又回归于
流血的尘土。弃市者的偶语
躲藏进心底,沸腾如心房里的
血潮。那嚣嚷的疯子
于今沉入一个更怕人的安静……
呵,残暴已经完成了它的
杰作,大地所流的血,足够

溺毙嗜血的尼禄①了。不死的

冤魂将从新的旧的坟墓里

爬出，摇动他染血的发丝，

来向杀人者索命。千万具堆积的

尸体里，有我的弟兄、你的

子女，我们不仅是受难者的家属

和痛苦的见证人；今天，我们正站在

屠夫的刀口，整日整夜，听着

苍蝇在刚冷却的皮囊上嗡嗡的飞。

这是个什么日子？

这是个什么日子？

拾煤渣的野孩子知道，街头的

缝穷妇也知道，日子走到了

它的边。一阵轻微的北风

也会悄悄的向你说：

快倒了；快到了！

---

① 古罗马帝国的皇帝，以暴虐著称。

铁鸟哭泣着,带着旁人的和
它自己的死亡,飞起又跌下。
二十四小时的行程外,
最后一次战争向这里袭来。

　　这部长诗共分三章:第一章《舵手》,写第二次世界大战反法西斯战争胜利;第三章《醒来的时候》,写国统区人民的苦难和斗争;这第二章,是写抗战胜利后和解放前夕上海的情景。一九四八年七月写于上海,十月草成付梓,一九四九年三月在上海由森林出版社出版。

题照相册*

我们从平静的小河里，
从反光的玻璃上，看到
多少熟悉得陌生的脸，
那是你的、我的，有时像

他的。匆忙地闪过，闪过
这短促的一生：忧患和
安乐的交替，风雨袭来——
婴孩大了，年轻的老了……

记忆给我们带来慰藉，
把捉一线光，一团朦胧，
让它在这纸片上凝固。

凝固了你的笑，你的青
春。生命的步履从这里
再现，领你来会见自己。

一九四九年初

郑敏

郑　敏（一九二〇～）

原籍福建闽侯，生于北京。一九四三年毕业于西南联合大学哲学系。一九五二年获美国布朗大学研究院英国文学硕士学位。回国后曾在中国社会科学院文学研究所工作，一九六〇年调至北京师范大学外语系任教，讲授英美文学。教授、博士生导师。郑敏是目前"九叶"唯一健在的诗人。主要著作有：《郑敏诗选（1979—1999）》《诗集1942—1947》《寻觅集》《心象》《早晨，我在雨里采花》《郑敏的诗》《郑敏文集》等，诗学专著《诗歌与哲学是近邻：结构-解构诗论》《英美诗歌戏剧研究》，译著《美国当代诗选》。曾获得：二〇〇四、二〇〇六年度诗人奖；二〇一三年两岸诗会桂冠诗人奖；二〇一七年第六届中坤国际诗歌奖中国诗人奖；二〇一七年北京文艺网年度诗人奖；二〇一八年玉润四会首届女性诗歌奖终身成就奖等。

金黄的稻束*

金黄的稻束站在

割过的秋天的田里,

我想起无数个疲倦的母亲,

黄昏路上我看见那皱了的美丽的脸,

收获日的满月在

高耸的树巅上,

暮色里,远山

围着我们的心边,

没有一个雕像能比这更静默。

肩荷着那伟大的疲倦,你们

在这伸向远远的一片

秋天的田里低首沉思,

静默。静默。历史也不过是

脚下一条流去的小河,

而你们,站在那儿,

将成为人类的一个思想。

本辑诗作前十九首

选自《诗集1942—1947》

濯足（一幅画）

深林自她的胸中捧出小径
小径引向，呵——这里古树绕着池潭，
池潭映着面影，面影流着微笑——
像不动的花给出万动的生命。

向那里望去，绿色自嫩叶里泛出
又融入淡绿的日光，浸着双足
你化入树林的幽冷与宁静，朦胧里
呵，少女你在快乐地等待那另一半的自己。

他来了，一只松鼠跳过落叶，
他在吹哨，两只鸟儿在窃窃私语
终于疲倦将林中的轻雾吹散

你梦见化成松鼠，化成高树，
又化成小草，又化成水潭，
你的苍白的足睡在水里。

寂　寞*

这一棵矮小的棕榈树,
他是成年的都站在
这儿,我的门前吗?
我仿佛自一场闹宴上回来,
当黄昏的天光
照着它独个站在
泥地和青苔的绿光里。
我突然跌回世界,
它的心的顶深处,
在这儿,我觉得
它静静地围在我的四周
像一个下沉着的泥塘,
我的眼睛,
好像在深夜里睁开,
看见一切在他们
最秘密的情形里;
我的耳朵,
好像突然醒来,
听见黄昏时一切
东西在申说着,

我是单独的对着世界。
我是寂寞的。
当白日将没于黑暗,
我坐在屋门口,
在屋外的半天上
这时飞翔着那
在消灭着的笑声。
在远处有
河边的散步,
我看见了:
那啄着水的胸膛的燕子,
刚刚覆着河水的
早春的大树。

我想起海里有两块岩石,
有人说它们是不寂寞的;
同晒着太阳,
同激起白沫,
同守着海上的寂静,
但是对于我,它们

只不过是种在庭院里
不能行走的两棵大树,
纵使手臂搭着手臂,
头发缠着头发;
只不过是一扇玻璃窗
上的两个格子,
永远地站在自己的位子上。
呵,人们是何等地
渴望着一个混合的生命,
假设这个肉体里有那个肉体,
这个灵魂内有那个灵魂。

世界上有哪一个梦
是有人伴着我们做的呢?
我们同爬上带雪的高山,
我们同行在缓缓的河上,
但是谁能把别人,
他的朋友,甚至爱人,
那用誓约和他锁在一起的人
装在他的身躯里,

伴着他同
听那生命吩咐给他一人的话,
看那生命显示给他一人的颜容,
感着他的心所感觉的
恐怖、痛苦、憧憬和快乐呢?
在我的心里有许多
星光和影子,
这是任何人都看不见的,
当我和我的爱人散步的时候,
我看见许多魔鬼和神使,
我嗅到了最早的春天的气息,
我看见一块飞来的雨云;
这一刻我听见黄莺的喜悦,
这一刻我听见报雨的斑鸠;
但是因为人们各自
生活着自己的生命,
它们永远使我想起
一块块的岩石,
一棵棵的大树,

一个不能参与的梦。

为什么我常常希望
贴在一棵大树上如一枝软藤?
为什么我常常觉得
被推入一群陌生的人里?
我常常祈求道:
来吧,我们联合在一起,
不是去游玩,
不是去工作,
我是说你也看见吗
在我心里那要来到的一场大雨!
当寂寞挨近我,
世界无情而鲁莽地
直走入我的胸膛里,
我只有默默望着那丰满的柏树,
想道:他会开开他那浑圆的身体,
完满的世界,
让我走进去躲躲吗?
但是,有一天当我正感觉

"寂寞"它咬我的心像一条蛇,
忽然,我悟道:
我是和一个
最忠实的伴侣在一起,
整个世界都转过他们的脸去,
整个人类都听不见我的招呼,
它却永远紧贴在我的心边。
它让我自一个安静的光线里
看见世界的每一部分,
它让我有一双在空中的眼睛,
看见这个坐在屋里的我:
他的情感,和他的思想。
当我是一个玩玩具的孩童,
当我是一个恋爱着的青年,
我永远是寂寞的;
我们同走了许多路
直到最后看见
"死"在黄昏的微光里
穿着他的长衣裳。
将你那可笑的盼望的眼光

自树木和岩石上取回来罢,
它们都是聋哑而不通信息的。
我想起有人自火的疼痛里
求得"虔诚"的最后的安息,
我也将在"寂寞"的咬噬里
寻得"生命"最严肃的意义,
因为它,人们才无论
在冬季风雪的狂暴里,
在发怒的波浪上,
都不息地挣扎着。
来吧,我的眼泪
和我的苦痛的心,
我欢喜知道它在那儿
撕裂,压挤我的心,
我把人类一切渺小,可笑,猥琐
的情绪都掷入它的无边里
然后看见:
生命原来是一条滚滚的河流。

一九四三年于昆明

来 到

那轻轻来到他们心里的
不是一根箭,
那太鲁莽了;
也不是一艘帆船,
那太迟缓了,
却是一口温暖的吹嘘,
好像在雪天里
一个老人吹着他将熄的灰烬;
在春天的夜里
　"未来"吹着沉黑的大地;
在幸福来到之前,
所需要的是
那么一种严肃与仁慈。

于是,才能像幻景的泄露,
他们只有赞美与惊愕,
你想象:一座建筑那样
凝结在月夜的神秘里,
他们听不见彼此的心的声音,
好像互相挽着手,

站在一片倾泻的瀑布前,
只透过那细微的雾珠
看见彼此模糊了的面影。

时代与死

把一只木舟
掷入无边的激荡,
把一面旗帜
升入大风的天空,
以粗犷的姿态,
人类涉入生命的急流。

在长长的行列里
"生"和"死"不能分割,
每一个,回顾到后者的艰难,
把自己的肢体散开,
铺成一座引渡的桥梁,
每一个,为了带给后者以一些光芒,
让自己的眼睛永远闭上。

不再表示着毁灭,恐怖,
和千古传下来的悲哀,
不过是一颗高贵的心,
化成黑夜里的一道流光,
照亮夜行者的脚步。

当队伍重新前进,
那消逝了的每一道光明,
已深深融入生者的血液,
被载向人类期望的那一天。

倘若恨正是为了爱,
侮辱是光荣的原因,
"死"也就是最高潮的"生",
这美丽灿烂如一朵
突放的奇花,纵使片刻间
就凋落了,但已留下
生命的胚芽。

献给贝多芬

人们在苦痛里哀诉,
唯有你在苦痛里生长,
从一切的冲突矛盾中从不忘
将充满希望的主题灿烂导出。

你的热情像天边滚来的雷响,
你的声音像海底喷出的巨浪,
你的心在黑暗里也看得见善良,
在苦痛的洪流里永不迷失方向。

随着躯体的聋黯,你乃像
一座幽闭在硬壳里的火山,
在不可见的深处热流旋转。

于是来自辽远的朦胧,降临
你心中:人的洪亮的言语,
刹那间千万声音合唱圣曲。

树*

我从来没有真正听见声音,
像我听见树的声音,
当它悲伤,当它忧郁,
当它鼓舞,当它多情
时的一切声音。
即使在黑暗的冬夜里,
你走过它,也应当像
走过一个失去民族自由的人民,
你听不见那封锁在血里的声音吗?
当春天来到时,
它的每一只强壮的手臂里
埋藏着千百个啼扰的婴儿。

我从来没有真正感觉过宁静,
像我从树的姿态里
所感受到的那样深。
无论自哪一个思想里醒来,
我的眼睛遇见它
屹立在那同一的姿态里。
在它的手臂间星斗转移,

在它的注视下溪水慢慢流去,
在它的胸怀里小鸟来去,
而它永远那样祈祷,沉思,
仿佛生长在永恒宁静的土地上。

贫 穷

什么已经有了的将继续增加,
什么没有的似乎永不会发生,
好像春天的微绿终成了浓荫,
荒漠的砂岩吐不出一片绿芽。

抛开哲学家的争论,
革命者的奔走疾呼,
这个国度默认
"有"和"无"的独立领土。
假如贫穷也是一份资产,
多少人承继了,顺从了它,
忍受着风雪饥寒的摧残。

一天你明了什么是这一个战争,
看,那褴褛的衣裳,痛苦的嘴唇,
告诉你它的没有光荣,没有止终。

春 天

它好像一幅展开的轴画,
从泥土,树梢,才到了天上……
又像一个乐曲,在开始时用
沉重的声音宣布它的希望,
这上升,上升终成了,
无数急促欢欣的声响。

我们都在倾听这个声音,
它的传出把冷硬的冬天土地穿透,
它久久地等待在黑暗的地心,
现在向我们否认有一只创造的手。

像一位舞蹈者,
缓缓地站起,
用她那"生"的手臂
高高承举:
你不看见吗?枯枝上的几片新叶,
深黑淡绿让细雨浸透了一切。

生的美：痛苦·斗争·忍受

剥啄，剥啄，剥啄，
你是那古树上的啄木鸟，
在我沉默的心上不住地旋绕，
你知道这里躲藏有怯懦的虫子，
请瞧我多么顺从地展开了四肢。

冲击，冲击，冲击，
海啸飞似的挟卷起海涛，
朝向高竖的绝壁下奔跑，
每一个冷漠的拒绝，
更搅动大海的血液。

沉默，沉默，沉默，
像树木无言地把茂绿舍弃，
在地壳下忍受黑暗和压挤，
只有当痛苦深深浸透了身体，
灵魂才能燃烧，吐出光和力。

小漆匠

他从周围的灰暗里浮现,
好像灰色天空的一片亮光。
头微微向手倾斜,手,
那宁静而勤谨地涂下辉煌
的色彩,为了幸福的人们。

他的注意深深流向内心,
像静寂的海,当没有潮汐。
他不抛给自己的以外一瞥,
阳光也不曾温暖过他的世界。

这使我记起一双永恒的手,
它没有遗落,没有间歇,
绘着人物、原野、森林、阳光和风雪。

我怀疑它有没有让欢喜
也在这个画幅上微微染下一笔?
一天他回答我的问题,

将那天真的眼睛抬起。

那里没有欢喜,也没有忧虑,
只像一片无知的淡漠的绿野,
点缀了稀疏的几颗希望的露珠,
它的纯洁的光更增加了我的痛楚。

村落的早春

我谛视着它,
蜷伏在城市的脚边,
用千百张暗褐的屋顶。
无数片飞舞的碎布,
向宇宙描绘着自己。
正如住在那里的人们
说着、画着、呼喊着生命
却用他们粗糙的肌肤。

知恩的舌尖从成熟的果实里
体味出:树木在经过
寒冬的坚忍,春天的迷惘,
夏季的风雨后
所留下的一口生命的甘美;
同情的心透过
这阳光里微笑着的村落,
重见每一个久雨阴湿的黑夜,
当茅屋顶颤抖着,墙摇摆地
保护着一群人们,
贫穷在他们的后面

化成树丛里的恶犬。

但是,现在,瞧它如何骄傲地打开胸怀,
像炎夏里的一口井,把同情的水掬给路人,
它将柔和的景色展开,为了
有些无端被认为愚笨的人,
他们的泥泞的赤足,疲倦的肩,
憔悴的面容和被漠视的寂寞的心。
现在女人在洗衣裳,孩童游戏,
犬在跑,轻烟跳上天空,
更像解冻的河流的是那久久闭锁着的欢欣,
开始缓缓地流了,当他们看见
树梢上,每一个夜晚添多几面
绿色的希望的旗帜。

鹰

这些在人生里踌躇的人,
他应当学习冷静的鹰,
它的飞离并不是舍弃,
由于这世界不美和不真。

它只是更深更深地
在思虑里回旋,
只是更静更静地
用敏锐的眼睛搜寻。

距离使它认清了世界。
远处的山,近处的水
在它的翅翼下消失了区别。

当它决定了它的方向,
你看它毅然地带着渴望
从高空中矫捷下降。

池　塘

吹散了又围集过来,
推开了又飘浮过来,
流散了又团聚过来,
这些浮萍,这些忧愁,
这些疑难,在人类的心头。
女孩子蹲在杵石上要想
洗去旧衣上的垢污,
有理想的人们在会议的桌上
要洗净人性里的垢污。
落粉的白墙围绕着没落的人家,
没落的人家环绕着旧日的池塘,
一块儿在朦胧里感觉着
破晓的就要来临,
一两个人来汲取清凉的水,
就引起一纹一纹的破碎,
(旧日的破碎!)
它愿意不断地给予,给予
伴同着轻微的同情和抚慰。
当白昼里,
火车长鸣一声驰过,

从旧日里多少畏怯的眼光
一齐向着远方迷惘地瞩望。

诗人和孩童

我们都从狭小的窗口里
向外眺望,眺望,眺望着——
远远的田野里的动静,
和更远的旷野里的景象。
那里有疾驰的风,
一夜长高的茂草。

正因为失去了生机的自由奔放,
舞蹈自你们的手上脚上凋落,
像一朵枯萎而死的苞蕾;
诗句自我的灵魂里跌落,
好像一只倦鸟不再想飞。

我们的寂寞是一个,
我们的渴望相同,那
都是从生命里带来的,
如今是白鸥的飞离了海洋
犹自回忆着晴空和波浪,
这城市却只让灯光刺伤
我们寻找星辰的眼睛,

赞美月光的眼睛，
我们只有时常凝视着墙头
的牵牛，好像旅人把满腔的期望
寄向一片狭窄的绿洲。

清道夫*

散开,散开,这痴情的薄雾,
快撩起舞台的帷幕,
让虚伪的遮掩早些结束,
必须呈露的早些呈露,
昨天的眼泪,昨天的雨,
叹息的风,
忧郁的云,
愤怒的雷,
就要在今晨的光明里
写下人们迈进的一步;
这地上的废纸,垃圾堆的鼠尸,
装满过渴望,而又倾空了的酒瓶,
点燃过希望,而又焚尽了的烟头,
不禁使我叹息:
那有过的污秽,重新又有,
没有过的智慧,仍然没有。
时间推不动这一群人们,
像河水卷不走一片滩石。
可惜,可惜
我们不能停止住飞逝的时间,
像顽固的山羊缠住了牧羊人。

荷花（一幅国画）

这一朵，用它仿佛永不会凋零
的杯，盛满了开花的快乐，才立
在那里像耸直的山峰，
载着人们忘言的永恒。

那一卷，不急于舒展的稚叶，
在纯净的心里保藏了期望，
才穿过水上的朦胧，望着世界，
拒绝也穿上陈旧而褪色的衣裳。

但，什么才是那真正的主题，
在这一场痛苦的演奏里？这弯着的
一枝荷梗，把花朵深深垂向

你们的根里，不是说风的摧打，
雨的痕迹，却因为它从创造者的
手里承受了更多的"生"，这严肃的负担。

人力车夫

举起,永远地举起,他的腿,
在这痛苦的世界上奔跑,好像不会停留的水,
用那没有痛苦的姿态,痛苦早已昏睡,
在时间里,仍能屹立的人,
他是这古老土地的坚忍的化身。

是谁在和他赛跑?
死亡,死亡,它想拥抱
这生命的马拉松赛者。
若是他输了,就为死亡所掳,
若是他赢了,也听不见凯歌,
海洋上飘起微风,在说
这是可耻的奇迹,
应当用科学来刷洗,
就这样:古老的光荣
证明是科学的耻辱。

对于
天空的风云,地上的不平,
晨出的方向,夜归的路径,

他不能预知,也不能设计,
他的回答只是颠扑不破的沉默,
路人的希望支配着他,
他的希望被掷在路旁,
一个失去目的者,为他人的目的生活。

只有当每一次终止的时候,
他喘息地伸出污秽的手。
(反省吧,反省吧,我向你们请求:
这些污秽的肌肤下流着清洁的血,
什么才是我们的羞耻?
那污秽的血,还是污秽的手?)

他用那饥饿的双足为你们描绘
通向千万个不同的目标的路径。
(在千万个目的得到满足后,你们可曾
也为那窒息的他的目的想出一条途径?

那不是没有,不是没有,
它已成为所有人的祈求,

现在在遥远的朦胧里等候,
它需要我们全体的手,全体的足,
无论饥饿的,或是满足的,去拔除
蔓生的野草,踏出一条坦途。)

举起,永远地举起,他的腿
奔跑,一条与生命同始终的漫长道路,
寒冷的风,饥饿的雨,死亡的雷电里,
举起,永远地举起,他的腿。

马

这浑雄的形态,当它静立
在只有风和深草的莽野里,
原是一个奔驰的力的收敛,
藐视了顶上穹苍的高远。

它曾经像箭一样坚决,
披着鬃发,踢起前蹄,
奔腾向前,像水的决堤,
但是在这崎岖的世界

英雄也仍是太灿烂的理想。
无尽道路从它的脚下伸展,
白日里踏上栈道,餐着荒凉,
入暮又被驱入街市的狭窄。

也许它知道那身后的执鞭者
在人生里却忍受更冷酷的鞭策,
所以它崛起颈肌,从不吐呻吟

载着过重的负担,默默前行。

形体渐渐丧失了旧日的俊美,
姿态的潇洒也一天天被磨灭,
也许有一天它突然倒下在路旁
抛下了负担和那可怜的伙伴。

从那具遗留下的形体里,
再也找不见英雄的痕迹,
当年的英雄早已化成圣者,
当它走完世间艰苦的道路。

雷诺阿的《少女画像》*

追寻你的人,都从那半垂的眼睛走入你的深处,
它们虽然睁开,却没有把光投射给外面世界,
而像是灵魂的海洋的入口,从那里你的一切
思维又流返冷静的形体,像被地心吸回的海潮。

现在我看见你的嘴唇,这样冷酷地紧闭,
使我想起岩岸封锁了一个深沉的自己。
虽然丰稔的青春已经从你发光的长发泛出,
但是你这样苍白,仍像一个暗澹的早春。

呵,你不是吐出光芒的星辰,也不是
散着芬芳的玫瑰,或是泛溢着成熟的果实,
却是吐放前的紧闭,成熟前的苦涩。

瞧,一个灵魂先怎样紧紧地把自己闭锁,
而后才向世界展开。她苦苦地默思和聚炼自己,
为了就将向一片充满了取予的爱的天地走去。

选自《中国新诗》第一集

唐祈

唐　祈（一九二〇～一九九〇）

原名唐克蕃，曾用笔名唐那。江苏苏州人。一九四二年毕业于西北联合大学文学院历史系。曾在甘肃、青海一带生活过，写了很多描绘草原风光和游牧生活的诗篇。抗战期间，在重庆参加全国文协，在中华剧艺社等团体从事创作和民主运动。一九四八年在上海任《中国新诗》编委。新中国成立后，在中国作家协会工作。任《人民文学》小说散文组组长、《诗刊》编辑，后在西北师范大学任教，任《诗探索》编委。一九八一年后在西北民族学院（现西北民族大学）汉语系任教，代系主任，兼任中国当代文学研究会甘肃分会副会长。著有诗集《诗第一册》《唐祈诗选》，主编《中华民族风俗辞典》《中国新诗名篇鉴赏辞典》，有《唐祈诗全编》出版。

故　事

湖水这样沉静，这样蓝，
一朵洁白的花闪在秋光里很阴暗；
早晨，一个少女来湖边叹气，
十六岁的影子比红宝石美丽。

青海省城有一个郡王①，可怕的
欲念，像他满腮浓黑的胡须，
他是全城少女悲惨的命运；
他的话语是难以改变的法律。

我看见他的兵丁像牛羊一样地
豢养，抢掠了异域的珍宝跪在他座旁。
游牧人被他封建的城堡关起来，
他要什么，仿佛伸手到自己的口袋。

秋天，少女像忧郁的夜花投入湖底，
人们幽幽地指着湖面不散的雾气。

一九四〇年于青海
选自《诗第一册》

---

① 反动派马步芳是国民党统治时期的青海省主席，人民咒骂他是"青海王"。

游牧人*

看啊，古代蒲昌海边的
羌女①，你从草原的哪个方向来？
山坡上，你像一只纯白的羊呀，
你像一朵顶清净的云彩。

游牧人爱草原，爱阳光，爱水，
帐幕里你有先知一样遨游的智慧，
美妙的笛孔里热情是流不尽的乳汁，
月光下你比牝羊更爱温柔地睡。

牧歌里你唱：青青的头发上
很快会盖满了秋霜，
不欢乐的生活啊，人很早会夭亡
哪儿是游牧人安身的地方？

美丽的羌女唱得忧愁；
官府的命令留下羊，驱逐人走。

一九四六年
选自《文艺复兴》

---

① 羌族少女。

十四行诗*
　　——给沙合

虽说是最亲切的人，
一次离别，会划开两个人生；
在微明的曙色里，
想象不出更远的疏淡的黄昏。

虽然你的影子闪在记忆的
湖面，一棵树下我寻找你的声音，
你的形象幻作过一朵夕阳里的云；
但云和树都向我宣告了异乡的陌生。

别离，寓言里一次短暂的死亡；
为什么时间，这茫茫的
海水，不在眼前的都流得渐渐遗忘，
直流到再相见的眼泪里……

愿远方彼此的静默和同在时一样，
像故乡的树林守着门前的池塘。

一九四五年于成都

选自《诗第一册》

圣 者*
　　——悼闻一多先生

每一个人死时,决定

一生匆促的行踪,

有的缩小,灰尘般虚渺……

有的却在这一秒钟,

从容地爆裂,

世界忽然显得震动。

生疏的因你开始认识;

熟悉的在行列中更热烈走在一起,

你无言的声音:张开

一面高空的旗,

飘扬在七月的晴空,

一个启示般庄严、美丽。

你的灵魂将被无数青年人

歌唱:如一座未来崇高的形象。

一九四六年于重庆

选自《诗创造》第四期

墓　旁
　　——从闻一多墓旁哀悼归来

你哭泣过一个烈士的
死亡，隔五天
我梦一样兀立在你底墓旁。

世界很大，这两座墓
更大，肃穆里：
上升着全国人民愤怒的呼吸。

你墓旁没有人流下泪
感伤，为什么
谁都觉得这浓雾的晨光前
沉重地布满了希望……

你生前的亲属、朋友，
和崇拜的人群，都深深承受你底
热力和光，纵使你再也感不到：
你本身已是照射别人的太阳。

一九四六年七月二十日于重庆

选自《诗创造》第四期

严肃的时辰*

我看见:
许多男人,
深夜里低声哭泣。

许多温驯的
女人,突然
变成疯狂。

早晨,阴暗的
垃圾堆旁,
我将饿狗赶开,
拾起新生的婴孩。

沉思里:
他们向我走来。

一九四六年写于重庆

选自《诗创造》第七期

女犯监狱①

我关心那座灰色的监狱，
死亡，鼓着盆大的腹，
在暗屋里孕育。

进来，一个女犯牵着自己的
小孩：走过黑暗的甬道里跌入
铁的栏栅，许多乌合前来的
女犯们，突出阴暗的眼球，
向你漠然险恶地注看——
她们的脸，是怎样饥饿、狂暴，
对着亡人突然嚎哭过，
　而现在连寂寞都没有。

墙角里你听见撕裂的呼喊：
黑暗监狱的看守人也不能
用鞭打制止的；可怜的女犯在流产，
血泊中，世界是一个乞丐
向你伸手，

---

① 一九四六年重庆反动派监狱纪实。

婴胎三个黑夜没有下来。

啊!让罪恶像子宫一样
割裂吧:为了我们哭泣着的
这个世界!

阴暗监狱的女犯们,
没有一点别的声响,
铁窗漏下几缕冰凉的月光;
她们都在长久地注视
死亡——
还有比它更恐怖的地方。

一九四六年于重庆

选自《中国新诗》第三集

挖煤工人

比树木更高大的
无数烟突,我看它们
是怪僻的钢骨的黑树林。
风和飞鸟都不敢贴近
粗暴的烟囱,疯狂地喷吐出
乌烟似的雾气,一团团乱云……

比地面更卑下,比泥土阴湿,
三百公尺的煤层,深藏着
比牲畜还赤裸的
夜一样污黑的一群男人;
我们来自穷苦僻远的乡镇,
矿穴里像小野兽匍匐爬行,
惨绿的安全灯下一条条弯背脊
在挖掘,黑暗才是无尽长的时刻,
阳光摒弃了我们在世界以外,
很快,生活只会剩下一副枯瘦的骨骼。

呵,呜嘟嘟的挖煤机、锅炉,
日夜不停地吞吃着
钟点,火车吐口气昂头驰向天边,

它们的歌都哭丧似的吓人,
当妻子小孩们每次注视
险恶的升降机把我们
扔下,穿过比黑色河床更深的地层,
这里:没人相信,没人相信,
地狱是在别处,或者很近。

我们一千,一万,十万个生命的
挖掘者,供养着三个五个大肚皮
战争贩子,他们还要剥削不停——
直到煤气浸得我们眼丝出血,
到死,一张淡黄的草纸
想盖住因愤怒张开的嘴唇。

清算他们的日子该到了!
听!地下已经有了火种,
深沉的矿穴底层,
铁锤将响起雷霆的声音……

一九四六年于重庆

选自《诗第一册》

老妓女

夜,在阴险地笑,
有比白昼更惨白的
都市浮肿的跳跃,叫嚣……

夜使你盲目,太多欢乐的窗
和屋,你走入闹市中央,
走进更大的孤独。

听,淫欲喧哗地从身上
践踏:你——肉体的挥霍者啊,罪恶的
黑夜,你笑得像一朵罂粟花。

无端的笑,无端的痛哭,
生命在生活前匍匐,残酷的
买卖,竟分成两种饥渴的世界。

最后,抛你在市场以外,唉,那个
衰斜的塔顶,一个老女人的象征
深凹的窗:你绝望了的眼睛。

你塌陷的鼻孔腐烂成一个洞,
却暴露了更多别人荒淫的语言,
不幸的名字啊,你比他们庄严。

一九四五年于重庆

选自《诗创造》第七期

最末的时辰

天亮:少女在公园里割断自己
蔚蓝色的脉搏。

街道上的窗紧闭,
城市人的眼圈陷落下去;
白日纷乱,空旷的
市郊,更寂寞。

饥饿,泛滥的河,
汹涌吞没着
最末一个时辰的工作。

农民哭泣着田地,
工厂的大烟囱停止了
黑色的喘息,成群的
饥饿结成的队伍,
从早晨起游行。

远方士兵流行着
蜡黄色的

怀乡病!

苍白瘦削却鼓突着的
孕妇,在昏黑的夜街中心
收拾着血婴,污秽的
哭嚎,阴沟十分寒冷。

一群群警察深夜巡行,
敲开每一扇门。

一切名字的枪,向自己底兄弟
瞄准。

四方绝望的
叹息,像风雨
震撼全城市的屋脊。

所有熟悉的街坊
和故乡——
碉堡与碉堡张望,

吐着猛恶的炮火网。

许多人没有住处,
在路灯下蜷伏,
像堆霉烂的黑蘑菇。

死亡的人不闭目,
烈日下面期待
一抔土。

如果撒旦知道
这个国度阴森恐怖的
面目,他将乘着黑夜的飞机来,
来向你亲人般祝福;
而我将因愤怒呵
失声痛哭……

我竟是诗人,历史学者,预言家,
最末的时辰终归来到,
我还有更大失声的

欢呼,大笑!

当另一支军队
跨着六尺的阔步开到。

一九四七年于重庆

选自《诗创造》第五期

雾

一

灰白的雾,
在夜间,走着
它粗笨大白熊的脚步。

比云卑湿,踉跄,
走着,走着,又蹲下来
它没有重量的
庞大白色的臀部。

慢慢地,慢慢地
升上来——
又向更低的地方走去。

二

它遗忘了后面安谧的
山峦、树木,交叉的公路
和栉比的茅屋,只有它

能扯起一块无穷大的天幕,
蒙蔽了人们清醒的眼目,
使一切渐渐软弱、模糊
从它恶劣的鼻息里,

城市,顿时变成灰沉沉,
像座没有厚度的贫民窟。
昏暗的街道上水分迷蒙的
黄昏,要瘫痪在行人的近视眼里,
茫茫的雾气中没有了
空间,兀立着几个朦胧的轮廓。
码头上整日滞呆着的货物堆,
只有污秽的老鼠在那儿
卑鄙的灰色小动物啊……

渡船隔膜地叫唤:
夜提早了时间,施过催眠术的
江汉关大钟快昏睡了,
路灯却想着些辽远的事情,
有着过多身体自由的流浪儿被拘留

在没有白色厚墙的牢房,
屋顶与屋顶们渐渐消失,
雾更大了,
只有它,和彼此认识。

三

它使囚居在
暗室里的记者,思想家,
学生们,扪着头脑叹口气,
手拿着发表不出的消息……

它窥伺一扇灯光的
窗户,纯洁少女失眠的呵欠
吐着灯似的苍独,睁着眼
看噩梦的世界。

它却小心地守护,
像一群派来的白种秘密人员,
团团围住最孤僻的一幢高屋,

那些阴谋家、战略家、军火商人
利用和平作白色烟幕,
怎样在用人骨画着地图
每一平方自己的国土上,
支配多少新式的
却装配了死亡符号的血肉,
他们狞笑,假装着糊涂……

四

雾啊,扩大了,掩护了
拖在后面无期的霪雨
下落,人民再不用试探了;
灰色的和平下面黑暗的
一片战争的泥泞。

一九四七年于重庆

选自《中国新诗》第三集

三弦琴

我是盲者的呼唤,引领他
走向黑暗的夜如一个辽远无光的
村落,微笑似的月光下没有一切支离残破,
我只寻找那些属于不幸的奇幻的处所。

市街消失了白日的丑恶,
路上的石头听我的歌声竖起它绊脚的
耳朵,门扇后面的妇女来谛听
命运,将来是一枚握得住的无花果吗!

在哪里坠落?或者幸福如一束灿烂的花朵。
但亡命的夜行人只能给我冷冷的一瞥,
他不能向我诉说什么,只从我这里
汲取些远了的故乡的音乐。忽现的

死亡隐退了,未知的疑虑,灾祸,
在三根发亮的弦上是一片旷野。
从他内心的黑暗听自我深长的喉管,
震颤着祝福像一个人讲着饱经的忧患。

一九四八年于上海
选自《中国新诗》第三集

时间与旗*

一

你听见钟声吗?
光线中震荡的,黑暗中震荡的,时常萦回在
这个空间的前前后后
它把白日带走,黑夜带走,不是形象的
虚构,看,一片薄光中
日和夜在交替,耸立在上海市中心的高岗
半封建半殖民地社会的光阴,撒下来,
撒下一把针尖投向人们的海,
生活以外谁支配着每一座
屋与屋,窗口与窗口
精神世界最深的沉思像只哀愁的手。

人们忍受过多的现实,
有时并不能立刻想出意义。
冷风中一个个吹去的
希望,花朵般灿烂地枯萎,纸片般地
扯碎又被吹回来的那常是
 时间,回应着那钟声的遗忘,

过去的时间留在这里,这里
不完全是过去,现在也在内膨胀,
又常是将来,包容了一切
无论欢乐与分裂,阴谋和求援
卑鄙的政权,无数个良心却正在受它的宣判。

眼睛和心灵深处的希望,却不断
交织在生活内外,我们忍耐
像星鱼的繁殖,鸟的潜伏,
许多次失败,走过清晨的市街,
人群中才发现自己的存在。
太阳并没有被谁夺去,
天空却布满了浓重的阴霾,
这是一个多么冷酷,充满罪恶的世界,
人们仿佛从日蚀的时辰中回来。

无穷的忍耐是火焰——
在那工厂的层层铁丝网后面
在提篮桥监狱阴暗的铁窗边
在覆盖着严霜的贫民窟

在押送农民当壮丁的乌篷船里面
在贩卖少女的荐头店竹椅旁
在苏州河边饿死者无光的瞳孔里
在街头任何一个阴影笼罩的角落
饥饿、反抗的怒火烤炙着太多的你和我,
人们在冰块与火焰中沉默地等待,
啊,取火的人在黑暗中已经走来……

（就像地火在岩层中运行
取火者早已在地下引着人们前进,
他辩证地组织一切光与热的
新世界,无数新的事态
曾经在窜出地层的火苗上
燃烧,红色的火焰,强烈的火焰,
火啊,就要从闪光的河那边烧过来。）
一九四八年的上海,这个庞大的都市的魔怪,
虽然还在黑夜中,我们已看见
黎明之前的龙华郊外
鲜血染红了的瓣瓣桃花,
将在火似的朝霞中

迎着人民的旗帜灿烂绽开。

二

  寒意的南方四月
中旬日,我走近淡黄金色落日的上海高岗。
依然是殖民地界的梧桐叶掌下
犹太哈同花园的近旁,
  我的话,萦回在无数个人的
脑际,惊动那些公园中
垂垂的花球,将要来的消沉,已经是累累的
苦闷,不被允许公开发问——
我只能由衷地指着
时间,资产阶级的空虚的光阴
在寸寸转移,颤栗,预感到必然的消失。
在这里,一切滚过的车
和轮轴,找不出它抛物线的轨迹。
许多扇火车窗外,有了
田野中的青稞,稻,但没有麦啄鸟,
农民躲避成熟的青色

和它的烦扰,心里隐隐的恐惧,
像天空暗算的密雨,丰饶的季节中
更多人饥饿了……
　近一点,远一点,还看得见
歪曲了颈的泥屋脊的
烟突,黄昏里没有一袅烟
快乐的象征,从茅屋的破隙间
被风吹回来,陶罐里缺乏白盐
眼睛是两小块冰,被盆状的忧郁的
脸盛着,从有霜的冬至日开始——
一些枯渴无叶的树木下
可怜的死,顷刻间就要将它们溶化。
颤栗的秋天里,风讲着话:
究竟是谁的土?谁的田地?
佃农们太熟悉绿色的
回忆;装进年岁中黑暗的茅屋,他却要走了
为了永久不减的担负
满足长期战争的政府,
农民被当作一支老弯了的
封建尺度,劳动在田埂的私有上

适应各种形式的地主,他们被驱遣
走近有城门的县城外,
在各自的惧怕中苦苦期待,
静静的土啊,并不空旷的地,
农民输出高粱那般红熟的血液
流进去,流进去。他们青蒜似地习惯
一切生命变成烂泥,长久的
奉献,就是那极贫弱的肉体
　　……颤栗的秋天啊
妇女们的纺织机杼,手摇在十月的
秋夜,蟋蟀荒凉的歌声里
停止了,日和夜在一片薄光中
互相背离,痛心的诉说是窗户前不断的
哭泣,饥困中的孩子群
不敢走近地主们的
花园,或去城里作一次冒险,
他们在太多的白杨和坟中间
坐下,坐在洋芋田里,像一把犁,
一只小牛犊,全然不知道的
命运,封建奴隶们的耕作技术,

从过去的时间久久地遗留在这里,
在冰块和火焰中,在岁暮暗淡的白日光中
又被静静的白雪埋合在一起。

三

为了要通过必须到达的
那里,我们将走向迂曲的路,
一个终极,都该从所有的
起点分叉,离开原来的这里,
各自的坚定中决不逃避,
无数条水都深沉地流向一片海底,
所有的道路只寻找它们既定的目的,
人民的路线和斗争为了探求
真理,我们将在现实中获得最深的惊喜。

四

　　冷清的下旬日,我走近
淡黄金色落日的上海高岗,一片眩眼的

资本家和机器占有的地方,
墨晶玉似的大理石,磨光的岩石的建筑物
下面,成群的苦力手推着载重车,
男人和妇女们交叉的低音与次高音
被消失于无尘的喧扰,从不惊慌地紧张,
使你惊讶于那群纷沓过街的黑羚羊!
我走下月台,经过宽马路时忘记了
施高塔路附近英国教堂的夜晚
最有说教能力的古式灯光,
一个月亮和霓虹灯混合着的
虚华下面,白昼的天空不见了,
高速度的电车匆忙地奔驰
到底,虚伪的浮夸使人们集中注意
财产与名誉,墓园中发光的
名字,红罂粟似的丰彩,多姿的
花根被深植于通阴沟的下水道
伸出黑色的手,运动、支持、通过上层
种种关系,挥霍着一切贪污的政治,
从无线电空虚的颤悸,从最高的
建筑物传达到灰暗的墙基下,

奔忙的人们紧握着最稀薄的
冷淡,如一片片透明纸在冷风中
眼见一条污秽的苏州河流过心里。

孩子们并不惊异,最新的
灰色兵舰桅杆上,躲闪着星条旗
庞大地泊在港口,却机警眺望,
像眺望非洲有色的殖民地,
太平洋基地上备战的欲念,
网似的一根线伸向这里……

走回那座花园吧:
人们喜爱异邦情调的
花簇,妇女们鲜丽的衣服和
容貌,手臂上的每个绅士的倨傲,
他们有过太多黑暗的昨夜,
映着星期日的阳光,
水池的闪光,一只鸟
飞过去,树丛中沉思的霎那;
花园门口拥挤的霎那;

绿色洋房的窗口黑猫跳出的霎那;
中午的阳光那样熠耀,
灿亮,没有理性的一切幻象,
消灭你所有的思想。

而无数的病者,却昏睡在
火车站近旁,大街上没有被收容的
异乡口音,饱受畸形的苦痛,
迫害,生命不是生命,
灵魂与灵魂静止,黄昏的
长排灯柱下面,无穷的启示
和麇集在这里的暗淡,缺乏援助,申诉:
日日夜夜
在"死的栏栅"后面被阴影掩护。
这些都使我们激怒成无数
炸弹的冷酷,是沉寂的火药
弹指间就要向他们采取报复。

连同那座花园近旁;
交通区以外的草坪,

各种音乐的房屋、楼台与窗,
犹太人、英国人和武装的
美军部队,水兵,巡行着
他们殖民地上的故乡。
国际教堂的圣歌
那样荡漾,洗涤他们的罪,
却如一个无光的浴室藏满了污秽。
佩戴宝石和花的贵妇人,和变种的
狗,幻想似地在欲念中行走,
时间并没有使它们学习宽恕,
遗忘,通过一切谎言,贪婪的手仍握着
最后的金钥匙,依然开放和锁闭
一切财产和建筑物,流通着
他们最准确的金币,精致的商品
货物,充斥在白痴似的殖民地上,
江海关的大钟的摆,
从剥夺和阴谋的两极间
计算每一秒钟的财富,
在最末的时辰装回到遥远的
属于自己的国度,也看清了

一次将要来的彻底结束——
财富不是财富,
占有不能长久,
武装却不能在殖民地上保护,
沉默的人民都饱和了愤怒,
少数人的契约是最可耻的历史,
我们第一个新的时间就将命令:
他们与他们间最简单短促的死。

五

通过时间,通过鸟类洞察的
眼,(它看见了平凡人民伟大的预言——)
黑暗中最易发现对立着的光,
最接近的接近像忽然转到一个陌生地方,
匆促的喊声里有风和火,
最少的话包藏着无穷力量,
愈向下愈见广大,山峦外
无数山峦有了火烧的村庄。
村庄围烧着地主的县和乡,县城孤立了

一个个都市,直到这个黑暗社会最后的上海高岗,
每次黑夜会看见火焰,延续到
明日红铜色的太阳。

六

看哪,战争的风:
暴风的过程日渐短促可惊
它吹醒了严冬伸手的树,冲突在泥土里的
种子,无数暴风中的人民
觉醒的霎那就要投向战争。
我们经过它
将欢笑,从未欢笑的张开嘴唇了
那是风,几千年的残酷,暴戾,专制,
裂开于一次决定的时间中,
全部土地将改变,流血的闪出最强火焰
辉照着光荣的生和死。

七

斗争将改变一切意义,
未来发展于这个巨大的过程里,残酷的
却又是仁慈的时间,完成于一面
人民底旗——

八

通过风,将使人们日渐看见新的
土地;花朵的美丽,鸟的欢叫:
一个人类的黎明,
从劳动的征服中,战争的警觉中握住了的
　时间,人们虽还有苦痛,
而狂欢节的风,
要来的快乐日子它就会吹来。

过去的时间留在这里,这里
不完全是过去,现在也在内膨胀
又常是将来,包容了一致的

方向，一个巨大的历史形象完成于这面光辉的
人民底旗，炫耀的太阳光那样闪熠，
映照在我们空间前前后后
从这里到那里。

一九四八年于上海

选自《中国新诗》第一集

唐湜

唐 湜（一九二〇～二〇〇五）

原名唐扬和，曾用笔名迪文、陈洛。浙江温州人。一九四八年毕业于浙江大学外文系，曾参与《诗创造》编辑工作，并任《中国新诗》编委。一九四八年为中华全国文协会员。新中国成立后，在中国戏剧家协会工作，任《戏剧报》编辑。后在温州艺术研究所任研究员，并参加了中国作家协会、中国戏剧家协会。曾发表过《沉思者冯至》《论风格》《论意象》《穆旦论》《辛笛的〈手掌集〉》《严肃的星辰们》等诗论。主要著作有诗集《骚动的城》《飞扬的歌》《蓝色的十四行》《唐湜诗卷》，长诗《英雄的草原》，历史叙事诗集《海陵王》，评论集《意度集》《翠羽集》《一叶诗谈》《九叶诗人："中国新诗"的中兴》等。

沉睡者

沉睡者从梦里欠身起来
在沉寂的夜里来去徘徊
眸子里流荡着虔诚的微笑
苍白的颊上画着梦中的山河

梦见化身为海上的白鸟
在海涛的歌唱里掠过水面
该给时间的海洋留下点音响
却怕光洁白羽淹没于汹涌的波浪

乃冲天一鸣,纵身在白云的帷幕间
朗诵荷马,又高吟莎士比亚的诗篇
拿嘉莱尔[①]的英雄装饰自己的语言
又拿尼采的超人作精神的冠冕

可坚实的生命却不能代以装饰
残酷的斗争也不会饶恕行动的矮子
沉睡者从幻梦里欠身起来
在黑夜的窗口空等着黎明的云彩

一九四六年作

---

① 英国十九世纪后期作家托马斯·嘉莱尔,著有《英雄与英雄崇拜》。

偷穗头的姑娘*

泥土是你的皮肤
麦刺是你的头发
你的手是枯死的树枝
掌心里满是树皮的皱纹

你匆匆穿过阡陌
像老鼠一样跳过麦田
你的眼里映着黄昏的太阳
瞳仁里满是信心的光辉

你像母鸡样搜索割过的麦田
一粒粒拾起嵌在泥里的麦粒
你的耳朵贴在地上
候田岸上的足音过去

偷偷地跑向麦田,摘下穗头
藏到怀里,藏着满心的喜悦
风吹着你飘动的头巾
像是夜在轻轻儿吹哨

一九四六年作

骚动的城*

洋油箱,孩子们拖着你①
正如拖着锋利的犁
犁过大街,犁过城市的心脏
犁在人民的肩背上

罢市,喧嚣的呼喊起来了
罢工,城市的高大的建筑撼动了

昏黄的夜,街灯熄灭了
城市的眼睛熄灭了
城市的脉搏停止了
鬼影似的人们潮水般
涌过来
　　　拥过去
一阵风扫灭了城市的浮光
野狼似的卷风滚滚而来
店铺的门窗——嗅寻着黄金的
城市的鼻子随着闭上了
一切香与色——城市的诱惑

---
① 拖洋油箱是温州一带罢市的信号。

都给风吹散了

在戏院里喝彩的绅士淑女

猫似的溜走了

只把那尴尬脸的白鼻头小丑

穿着三不像的五色衣裳

剩在黑暗的空台上

物价从烟突里奔出

像黑烟一样望天上飞

洋油箱的声音

播下了不灭的种子

这城市永远不会平静

呵,骚动的城,混乱的城

生活的犁拖着每个人的足步

向城市的腹心奔去

一九四七年作

以上选自《骚动的城》

我的歌
——《交错》之六

早晨的太阳打窗口悄悄儿走了
我的歌也走向了自己的黑夜
阿丽儿①摺起了他的翅膀
来了个"做买卖的机器的世界"②

蓝袜子③在寂寞的沙龙里上吊
拜伦爵士走向了希腊的海岸
打哪儿,哪儿找我的牧歌世界
哪儿有永远迸射着灵感的水泉

呵,风旗猎猎地在屋顶上欢唱
看五月的晴空,多像明亮的海洋
我要向无边的空阔打开灵魂的窗
抛出最嘹亮的歌,一片希望

---

① 莎士比亚《风暴》中的小精灵。
② 记不清是魏尔哈仑或谁的诗句。
③ 几世纪前巴黎爱掉文的女才子。

歌向未来
——《交错》之八

叫人们沉沉地睡去呵
叫那些眼睛里有嘴唇的焦渴
脑袋里有胃的贪婪的人们沉睡呵[1]
我可要面对着蓝色的天空
把眼眸深埋在无边的草莽中
凄迷的绿草恍若远古的森林
长夏郁郁,没什么开始、沉落
什么都歌向一个完整的未来

叫人们沉沉地睡去呵
叫那些眼睛里有嘴唇的焦渴
脑袋里有胃的贪婪的人们沉睡呵
我心儿里可有片紫绛色的云彩
打爱里孕着恨,又打恨走向爱
自然会披着时序的衣裳闪现
冰河期的大爬虫会在震撼里醒来
不要惊异万有的柔情,浑然的爱

---

[1] A.E.霍思曼诗:他们憩息在床上,品味着食物的精美/胸前佩着宝石章,脑袋里就一堆肠胃!

我的欢乐
——《交错》之十二

我不迷茫于早晨的风
　　　　　　风色的清新
我的欢乐是一片深渊
　　　　　　一片光景
芦笛吹不出它的声音
春天开不出它的颜色
它来自一个柔曼的少女的心
更大的闪烁，更多的含凝

它是一个五彩的贝壳
海滩上有它生命的修炼
日月的呼唤，水纹的轻柔
于是珍珠耀出夺目的光华
静寂里有常新的声音
袅袅地上升，像远山的风烟
将大千的永寂化作万树的摇红
群山在顶礼，千峰在跃动
深谷中丁丁的声音忽然停止
伐木人悄悄归去
时间的拘束
在一闪的光焰里消失

诗
——《交错》之二十四

当汹涌的潮水退去
沙滩才能呈献光耀的排贝
诗如果可以在生活的土壤里伸根
它应该出现在生活的胜利里

果实是为了花的落去
闪烁的白日之后才能有夜晚的含蓄
如果人能生活在日夜的边际
薄光里将会有一个新的和凝

看一天晴和,平野垂地而尽
灰色的鸽笛渐近、渐近
呵,苦难里我祈求一片雷火
烧焦这一个我,又烧焦那一个我

圆周重合,三角楔入
在自己之外又欢迎另一个自己

雪　莱
——《交错》之三十三

你要我这小本子的《雪莱》
好，我这就送给你这梦幻的书
我们一起来找雪莱谈心里的情愫

我们要在早晨玫瑰色的光辉里
听他的云雀飞上天上的林壑
唱出一支支空灵、喜悦的晨歌

我们要跟着他的伊斯兰人
他那两个最纯洁的理想主义者
一起梦想，为纯洁的爱而梦想着

我们更要在他的巨人塑像之前
看崇高的普洛米修士怎么解放自己
粉碎了鸷鹰的巨喙，那传统的暴戾

亲爱的雪莱，最纯真的诗人
我们要找你谈谈自己的心情
也听你说说你的故事里鹰的飞腾

美丽的阿丽儿,我们要跟你的鹰①
一起飞腾,火云样飞到蓝色的天海上
飙风样向辽阔无际的未来飞翔

---

① 法国传记家莫洛亚把他的雪莱传题为《阿丽儿》,他把雪莱比拟为莎士比亚《风暴》中的空气精灵阿丽儿。

米尔顿
——《交错》之三十四

米尔顿,诗人里的诗人
欧罗巴璀璨的歌诗星座上
一颗最澄明、辉煌的星辰

在楼上渐近黄昏的朦胧里
打开你孪生的《欢乐》与《沉思》
我仿佛回到了少年无邪的时日

像是有一声声出猎的号角
鸽笛样从黎明的光熹里响起
在我的耳唇边悄悄儿萦回

像是有一只只蝙蝠在回廊间
幽深的薄暗里扑着肉翅飞翔
引着我穿入片深邃的意象

我也渐渐进入了你的十四行
听你呼唤坚定的克伦威尔去搏斗
举起双拳把自由的仇敌狠狠地揍

呵，你紫丁香似的诗那么芳香
你光耀的散文又那么雄恣奔放
给弑君者头上戴上了圣者的光芒

我似乎更伴着你去郊野散步
看你构思你雄伟的《乐园》诗章
你瞎了的眼眸可比黄昏更明亮

你就像那瞎眼的力士，你的参孙
要拿你的笔，你有力的凝思似弓弦
拉倒寻欢作乐的非利士人的宫殿

罗 丹
　　——《交错》之四十一

当生命的流荡的姿
忽凝定于坚定的白云石
当市民奋张的手张开
忽凝定于一片无畏的爱
罗丹呵,是你给我们说
牺牲是壮烈的悲剧,为了爱
喷泉奔涌出透明的水珠
伞似的撒开一片奇异的光彩

静谧里你凝聚心的力量
探索每一条额上的皱纹
探索每一个思想的诞生
叫脉脉相通的肢体
不断喷涌出欢乐的青春

无比的光耀里,你在向
哪一个崭新的世界探望
第一个拿全身丰满的筋肉
来深沉地思想的沉思者
叫他的血液在额上汩汩奔流
踩着个完整、伟大的宇宙

巴尔扎克
——《交错》之四十二

巴尔扎克,孤傲的风景
闪烁着远代的风
远代的飘瓦的雨
永在向低卑的荒凉山谷挑战

你披着睡衣,粗犷的笑里
有纯真如黄金的心
孤寂有如欧琴尼的爱情
你梦中的道路叫人清醒

可怜的高里奥老爹
崇高的爱淹没于虚荣的市场
当你丰厚的手扬起
庸俗的布尔乔亚将在你足前匍匐

你的音乐是地层下纯白的喷泉
你人性的光属于过去,更属于未来的年代
历史会洗净这一切大地的烟瘴
你的塑像将永远庄严如青翠的峰峦

一九四八年作
以上选自《交错集》

手*
——敬悼朱自清先生

我已经看到好些时候
沉默在历史性的沉默里的
一切真淳的觉醒,一些人
已经起来,又被无耻的风
轻轻抹去,带来疲乏的
入魔的痛苦

我已经看到在混凝土的
地层里,一个新人类的早晨
已经发亮,树林子下有遥远的
海,沉沉的云预言似的
下垂,呐喊,熊似的生命
众多的手臂是人们的森林

"梅雨潭的绿",从你,
生命从容地转向了父亲
沉重的"背影",人类的
苦难的形象,十字架
孕育了长期的坚忍
从绿变黄,成就的是你

舟子，一篙点入了波心
秦淮河，呵，桨声灯影
六朝的烟雨化入了下沉的
土地，一片难忍的泥泞
星辰悬挂在罗网里
你爬着，遥想巴那斯山上的

群神——当你的声音走入
幼小的心，时间的呼吸
如此熠耀，青春的足底
粘着历史的泥土，我等待着
那黯淡的深渊的沸腾
一个痛苦的焦虑挺立

在祈求的凝眸的日子里
呵，彗星起来了，在凉风
后面，我从你的温馨的书页
走入了陌生的城，轻轻的举步
觉有酣眠的清醒，流呵
静静地流，在不远的地方

我仿佛扪到生命的跃动的
叫唤,在石头的花纹后面
呼之欲出,于是云影里
潮音凝成了起伏的山岗
雁山蔚蓝如悲怆的
大地的琴弓,河岸上

星光沉落,渡河的
坚定的姿于一闪间
凝结,亲切的光耀
在海上升起,朝霞晕开
如金色的莲花,思想的
手在不经心间伸入混沌

因为人们已经醒来
因为人们已经起来……

一九四八年九月作

给方其*

我们相遇于各自的
不幸里,我们的镣铐
响起了我们的孤寂
我们的亲切的日子
多么奇异,屈辱作了
我们坚实的土地

每天廿四小时都面对
自己,面对高大的墙
你的心是我的自私的
镜子,映出了山、水
过去了的、快要来的
白日,与更坚决有力的黑夜

从手的把握里传递
温柔,沉默时自己包容了
更大的世界,尊敬一切
真诚的献身,你流了泪
从刑讯室里悲痛地回来
为什么人不能更坚定勇敢

牺牲的不应该是我

你恨你自己的眼睛与嘴
因为这一切泄露了你的
空幻的聪明,你于是
沉默在暴风雨的高塔
呼吸重洋外来的知识的
力量,也感受更多时代的

卑湿的气温,你贪婪地
打开虔诚的心,为种植
一切顽强的生命,你
奔走在一切未来的
新节日,你给清晨点燃了
小小的亲切的火焰……

现在,太阳下奇异地
失去了你的影子,你又
接受了一次沉默的旅行

以上两诗选自《中国新诗》第四集和第五集

背剑者*

　　　　一切的街，转向黎明
　　　　一切的窗，开向白日

声音起来又起来

手臂举起又举起

当黑夜掩起耳朵

宣判别人，就在他背后

时间吹起了审判的喇叭

舞蛇的臂给印上了

死的诅咒，蒙着耻辱的纹身人

拖起了犁，淮南幽暗的黄昏

列车翻转了身

哪里有笙管哭泣的吹奏？

我站在这里，这里是我的

岗哨，雾的光晕里有一幅

永恒的图画，江水壮阔地

向南方流去，渡头的腥红的

阳光、树影间，背剑的

复仇者兀然挺身，船桨

拨起了沉默的花朵

　　　　　　　　　　　一九四八年十月作

给女孩子们的诗
　　——写给一个三八节晚会

虽然哈姆莱特曾经胡说
"弱者——你的名字是女人！"
但那个使你们沉睡的过去时代
已经过去，柔弱的在阳光里醒来
将会是最坚强的新社会的母亲

用母亲的大爱祝福
明天的健康的孩子
用母亲的大爱拥抱
解放道路上的每一步
崎岖，每一个苦难
从母亲的泪眼中
将会迸射出灿烂的阳光
瑰奇的理想孕育于
最平凡的母亲的怀抱

你们已经摸索过
无数黑暗幽沉的年代
你们已经与厨房、苦役
作过最持久的战争

生活里最痛苦的痛苦

你们曾从孩子的最初的声音里

获得强韧的力量去忍受

你们要在这新社会难产的

阵痛里献出最后的坚忍

胜利属于一切

最朴素的生活的战士

你们自己节日的清晨与黄昏

我祝福你们能从幽闭的房间里

出来,在荒凉的旷野上

作向太阳的广阔的呼吸

一九四九年三月

以上选自《飞扬的歌》

袁可嘉

袁可嘉（一九二一～二〇〇八）

浙江慈溪人。中国作家协会会员。一九四六年毕业于西南联合大学外国语文系英国语言文学专业。历任北京大学西语系助教，中共中央宣传部《毛泽东选集》英译室、外文出版社翻译，中国社会科学院外国文学研究所研究员、博士生导师，中国中外文艺理论学会顾问，中国翻译家协会理事，中国小说学会副会长。一九八〇年应邀赴美讲学，并担任美国艺术科学院全国人文中心研究员；一九八六年赴英国牛津、剑桥等大学做访问学者。主要著作有：诗文集《半个世纪的脚印——袁可嘉诗文选》，诗论《论新诗现代化》《现代派论·英美诗论》《欧美现代派文学概论》，译著《布莱克诗选》《彭斯诗钞》《驶向拜占庭》《叶芝抒情诗精选》，编著《外国现代派作品选》《欧美现代十大流派诗选》等。一九九七年获鲁迅文学奖全国优秀文学翻译彩虹奖荣誉奖；二〇〇七年获全国杰出翻译家奖。

沉　钟*

让我沉默于时空,
如古寺锈绿的洪钟,
负驮三千载沉重,
听窗外风雨匆匆;

把波澜掷给大海,
把无垠还诸苍穹,
我是沉寂的洪钟,
沉寂如蓝色凝冻;

生命脱蒂于苦痛,
苦痛任死寂煎烘,
我是锈绿的洪钟,
收容八方的野风!

一九四六年
选自《文艺复兴》三卷四期

岁 暮

庭院中秃枝点黑于暮鸦,
　　（一点黑，一分重量）
　　秃枝颤颤垂下；
墙里外遍地枯叶逐风沙,
　　（掠过去，沙沙作响）
　　挂不住，又落下；

暮霭里盏盏灯火唤归家,
　　（山外青山海外海）
　　鸟有巢，人有家；
多少张脸庞贴窗问路人：
　　（车破岭呢船破水？）
　　等远客？等雪花？

一九四六年

选自《益世报·文学周刊》

空

水包我用一片柔,
湿淋淋浑身浸透,
垂枝吻我风来搂,
我底船呢,旗呢,我底手?

我底手能掌握多少潮涌,
学小贝壳水磨得玲珑?
晨潮晚汐穿一犀灵空,
好收容海啸山崩?

小贝壳取形于波纹,
铸空灵为透明,
我乃自溺在无色的深沉,
夜惊于尘世自己的足音。

一九四六年

选自《文艺复兴》三卷四期

冬　夜*

冬夜的城市空虚得失去重心，
街道伸展如爪牙勉力捺定城门；
为远距离打标点，炮声砰砰①，
急剧跳动如犯罪的良心；

谣言从四面八方赶来，
像乡下大姑娘进城赶庙会，
大红大绿披一身色彩，
招招摇摇也不问你爱不爱；

说忧伤也真忧伤，
狗多噩梦，人多沮丧，
想多了，人就若痴若呆地张望，
活像开在三层楼上的玻璃窗；

身边天边确都无以安慰，
这阵子人见面都叹见鬼；
阿狗阿毛都像临危者抓空气，
东一把，西一把，却越抓越稀。

---
① 当时北平伪军常于深夜乱向城外发炮。

这儿争时间无异争空间,
聪明人却都不爱走直线;
东西两座圆城门伏地如括弧,
括尽无耻,荒唐与欺骗;

起初觉得来往的行人个个不同,
像每一户人家墙上的时辰钟;
猛然发现他们竟一如时钟的类似,
上紧发条就滴滴答答过日子;

测字摊要为我定终身,
十字架决定于方向夹时辰;
老先生,我真感动于你的天真,
测人者怎不曾测准自己的命运?

商店伙计的手势拥一海距离,
 "我只是看看",读书人沉得住气;
十分自谦里倒也真觉稀奇,
走过半条街,这几文钱简直用不出去;

哭笑不得想学无线电撒谎,
但撒谎者有撒谎者的哀伤;
夜深心沉,也就不想再说什么,
恍惚听见隔池的青蛙叫得真寂寞。

一九四七年

选自《文学杂志》二卷三期

进 城

走进城就走进了沙漠,
空虚比喧哗更响;
每一声叫卖后有窟窿飞落,
熙熙攘攘真挤得荒凉:

踏上街如踏上轻气球,
电线柱也带花花公子的轻浮;
街上车,车上人,人上花,
不真实恰似"春季廉价"的广告画①;

无线电里歌声升起又升起,
叫人想起黄浦滩畔的大出丧②,
空洞乏味如官定纪念烈士的假期③,
滑稽得一样令逝者心伤;

---

① 新中国成立前国统区城市里常有商店以"春季廉价"为名倾销积存的商品,实际上"廉价"两字往往有名无实。
② 新中国成立前京沪一带的达官贵人做丧事,雇用大批乐队和哭灵者,以示炫耀。
③ 新中国成立前国民党政府定了许多纪念烈士的假期,召开空洞乏味的纪念会。

转过身,三轮车夫打量你的脚步,
你只好低头打量脚踢起的尘土,
"啊,我如今真落得无地自处!"
两旁树叶齐声喊:"呜呼!呜呼!"

一九四七年

选自《文学杂志》二卷三期

上　海*

不问多少人预言它的陆沉,
说它每年都要下陷几寸,
新的建筑仍如魔掌般上伸,
攫取属于地面的阳光、水分

而撒落魔影。贪婪在高空进行;
一场绝望的战争[①]扯响了电话铃,
陈列窗的数字如一串错乱的神经,
散布地面的是饥馑群真空的眼睛。

到处是不平。日子可过得轻盈,
从办公房到酒吧间铺一条单轨线,
人们花十小时赚钱,花十小时荒淫。

绅士们捧着大肚子走进写字间,
迎面是打字小姐红色的呵欠,
拿张报,遮住脸:等待南京的谣言。

一九四八年

选自《中国新诗》第二集

[①] 指新中国成立前国统区在通货膨胀下进行的商业竞争。

南　京

一梦三十年，醒来到处是敌视的眼睛，
手忙脚乱里忘了自己是真正的仇敌；
满天飞舞是大潮前红色的蜻蜓，
怪来怪去怪别人：第三期的自卑结。

总以为手中握着一支高压线，
一己的喜怒便足以控制人间，
讨你喜欢，四面八方都负责欺骗，
不骗你的便被你当作反动、叛变。

官员满街走，开会领薪俸，
乱在自己，戡向人家，手持德律风，
向叛逆的四方发出训令：四大皆空。

糊涂虫看着你觉得心疼，
精神病学家断定你发了疯，
华盛顿摸摸钱袋：好个无底洞！

一九四八年

选自《中国新诗》第二集

旅　店

对于贴近身边的无所祈求，
你的眼睛永远注视着远方；
风来过，雨来过，你要伸手抢救
远方的慌乱，黑夜的彷徨；

你一手接过来城市村庄，
拼拼凑凑够你编一张地图，
图形多变，不变的是深夜一星灯光，
和投奔而来的同一种痛苦；

我们惭愧总辜负你的好意，
不安像警铃响彻四方的天空，
无情的现实迫我们匆匆来去，
留下的不过是一串又一串噩梦。

一九四八年

选自《文学杂志》三卷二期

难　民

要拯救你们必先毁灭你们，
这是实际政治的传统秘密①；
死也好，活也好，都只是为了别的，
逃难却成了你们的世代专业；

太多的信任把你们拖到城市，
向贪婪者求乞原是一种讽刺；
饥饿的疯狂掩不住本质的诚恳，
慧黠者却轻轻把诚恳变作资本；

像脚下的土地，你们是必需的多余，
重重的存在只为轻轻的死去；
深恨现实，你们缺乏必需的语言，
到死也说不明白这被人作弄的苦难。

一九四八年

选自《文学杂志》三卷二期

---

① 抗日战争期间，国统区官吏以救济难民为名，行贪污中饱之实。

出　航*

航行者离开陆地而怀念陆地,
送行的视线如纤线在后追踪,
人们恐怕从来都不曾想起,
一个多奇妙的时刻：分散又集中。

年青的闭上眼描摹远方的面孔,
远行的开始担心身边的积蓄;
老年人不安地看看钟,听听风,
普遍泛滥的是绿得像海的忧郁;

只有小孩们了解大海的欢跃,
破坏以驯顺对抗风浪的嘱咐,
船像摇篮,喜悦得令人惶惑;

大海迎接人们以不安的国度:
像被移植空中的断枝残叶,
航行者夜夜梦着绿色的泥土。

一九四八年

选自《文学杂志》三卷二期

母 亲*

迎上门来堆一脸感激,
仿佛我的到来是太多的赐予;
探问旅途如顽童探问奇迹,
一双老花眼总充满疑惧;

从不提自己,五十年谦虚,
超越恩怨,你建立绝对的良心;
多少次我担心你在这人世寂寞,
紧挨你的却是全人类的母亲。

面对你我觉得下坠的空虚,
像狂士在佛像前失去自信;
书名人名如残叶掠空而去,
见了你才恍然于根本的根本。

一九四八年

选自《文学杂志》三卷二期

墓 碑

愿这诗是我底墓碑,
当生命熟透为尘埃;
当名字收拾起全存在,
独自看墓上花落花开;

说这人自远处走来,
这儿他只来过一回;
刚才卷一包山水,
去死底窗口望海!

一九四六年

选自《人世间》

穆旦

穆　旦（一九一八～一九七七）

原名查良铮，另有笔名梁真。浙江海宁人。一九四〇年毕业于西南联合大学外国语文学系，留校任助教。一九四二年参加中国远征军入缅对日作战。一九四九年在芝加哥大学英国文学系读书，一九五二年获文学硕士学位。一九五三年回国，任南开大学外文系副教授，在后来的政治运动中受到不公正待遇。一九四五年至一九四八年出版诗集《探险队》《旗》和《穆旦诗集》。一九五三年后译作有《波尔塔瓦》《青铜骑士》《加甫利颂》《文学原理》《拜伦抒情诗选》《普希金抒情诗集》《普希金抒情诗二集》《欧根·奥涅金》《雪莱抒情诗选》《济慈诗选》《云雀》《别林斯基论文学》《高加索的俘虏》《英国现代诗选》和《唐璜》等，有《穆旦诗文集》和《穆旦译文集》出版。

在寒冷的腊月的夜里*

在寒冷的腊月的夜里,风扫着北方的平原,
北方的田野是枯干的,大麦和谷子已经推进了村庄,
岁月尽竭了,牲口憩息了,村外的小河冻结了,
在古老的路上,在田野的纵横里闪着一盏灯光,
　　　一副厚重的,多纹的脸,
　　　他想什么?他做什么?
　　在这亲切的,为吱哑的轮子压死的路上。

风向东吹,风向南吹,风在低矮的小街上旋转,
木格的窗纸堆着沙土,我们在泥草的屋顶下安眠,
谁家的儿郎吓哭了,哇——呜——呜——从屋顶传过屋顶,
他就要长大了渐渐和我们一样地躺下,一样地打鼾,
　　　从屋顶传过屋顶,风
　　　这样大岁月这样悠久,
　　我们不能够听见,我们不能够听见。

火熄了么？红的炭火拨灭了么？一个声音说，
我们的祖先是已经睡了，睡在离我们不远的地方，
所有的故事已经讲完了，只剩下灰烬的遗留，
在我们没有安慰的梦里，在他们走来又走去以后，
　　在门口，那些用旧了的镰刀，
　　　锄头，牛轭，石磨，大车，
　　静静地，正承接着雪花的飘落。

一九四一年二月
选自《穆旦诗集》

控 诉

一

现在冬天已经到了,朋友,
对于孩子一个忧伤的季节,
因为他尚不能够适应自己——
当叛逆者穿过落叶之中

瑟缩,变小,骄傲于自己的血;
为什么世界剥落在遗忘里,
去了去了是彼此的招呼,
和那充满了浓郁的信仰的空气。

而有些走在无家的土地上,
跋涉着经验,失迷的灵魂
再不能安于一个角度
的温暖,怀乡的痛楚枉然;

有些关起了心里的门窗,
逆着风,走上失败的路程,
虽然他们忠实在任何情况,

春天的花朵,落在时间的后面。

因为我们的背景是千万人民,
冷酷,热烈,或者愚昧的,
他们和恐惧并肩而战争,
自私的,是被保卫的那些个城:

我们看见无数的耗子,人——
避开了,计谋着,走出来,
支配了勇敢的,或者捐助
财产获得了荣名,社会的梁木,

我们看见,这样现实的态度
强过你任何的理想,只有它
不毁于战争。服从,喝彩,受苦,
是哭泣的良心唯一的责任——

无声。在这样的背景前,
冷风吹进了今天和明天,
冷风吹散了我们长住的

永久的家乡和暂时的旅店。

二

我们做什么?我们做什么?
生命永远诱惑着我们
在苦难里,渴寻安乐的陷阱,
唉,为了它只一次,不再来临;

也是立意的复仇,终于合法地
自己的安乐践踏在别人心上
的蔑视,欺凌,和敌意里,
虽然陷下,彼此的损伤。

或者半死?每天侵来的欲望
隔离它,勉强在腐烂里寄生,
假定你的心里是有一座石像,
刻画它,刻画它,用省下的力量,

而每天的报纸将使它吃惊,

以恫吓来劝说它顺流而行,
也许它就要感到不支了
倾倒,当世的讽笑;

但不能断定它就是未来的神,
这痛苦了我们整日,整夜,
零星的知识已使我们不再信任
血里的爱情,而其残缺

我们为了补救,自动的流放,
什么也不做,因为什么也不信仰,
阴霾的日子,在知识的期待中,
我们想着那样有力的童年。

这是死。历史的矛盾压着我们,
平衡;毒戕我们每一个冲动。
那些盲目的会发泄他们所想的,
而智慧使我们懦弱无能。

我们做什么?我们做什么?

O[①]谁该负责这样的罪行：
一个平凡的人，里面蕴藏着
无数的暗杀，无数的诞生。

一九四一年十月

选自诗集《旗》

---

① O是"啊"的意思，表示感叹，系穆旦诗中的常见用法。——编者注

赞　美*

走不尽的山峦的起伏，河流和草原，
数不尽的密密的村庄鸡鸣和狗吠，
接连在原是荒凉的亚洲的土地上，
在野草的茫茫中呼啸着干燥的风，
在低压的暗云下唱着单调的东流的水，
在忧郁的森林里有无数埋藏的年代
它们静静的和我拥抱：
说不尽的故事是说不尽的灾难，沉默的
是爱情，是在天空飞翔的鹰群，
是枯干的眼睛期待着泉涌的热泪，
当不移的灰色的行列在遥远的天际爬行；
我有太多的话语，太悠久的感情，
我要以荒凉的沙漠，坎坷的小路，骡子车，
我要以槽子船，漫山的野花，阴雨的天气，
我要以一切拥抱你，你，
我到处看见的人民呵
在耻辱里生活的人民，佝偻的人民，
我要以带血的手和你们一一拥抱

因为一个民族已经起来。

一个农夫,他粗糙的身躯移动在田野中,
他是一个女人的孩子,许多孩子的父亲,
多少朝代在他的身边升起又降落了
而把希望和失望压在他身上,
而他永远无言的跟在犁后旋转,
翻起同样的泥土溶解过他祖先的,
是同样的受难的形象凝固在路旁。
在大路上多少次愉快的歌声流过去了,
多少次跟来的是临到他的忧患,
在大路上人们演说,叫嚣,欢快,
然而他没有,他只放下了古代的锄头,
再一次相信名词,溶进了大众的爱,
坚定的,他看着自己溶进死亡里,
而这样的路是无限的悠长的,
而他是不能够流泪的,
他没有流泪,因为一个民族已经起来。

在群山的包围里,在蔚蓝的天空下,

在春天和秋天经过他家园的时候,
在幽深的谷里隐着最含蓄的悲哀:
一个老妇期待着孩子,许多孩子期待着
饥饿,而又在饥饿里忍耐,
在路旁仍是那聚集着黑暗的茅屋,
一样的是不可知的恐惧,一样的是
大自然中那侵蚀着生活的泥土,
而他走去了从不回头诅咒。
为了他我要拥抱每一个人,
为了他我失去了拥抱的安慰,
因为他,我们是不能给以幸福的,
痛哭吧,让我们在他的身上痛哭吧,
因为一个民族已经起来。

一样的是这悠久的年代的风,
一样的是从这倾圮的屋檐下散开的
无尽的呻吟和寒冷,
它歌唱在一片枯槁的树顶上,
它吹过了荒芜的沼泽,芦苇和虫鸣,
一样的是这飞过的乌鸦的声音

当我走过，站在路上踟蹰，

我踟蹰着为了多年耻辱的历史

仍在这广大的山河中等待，

等待着，我们无言的痛苦是太多了，

然而一个民族已经起来，

然而一个民族已经起来。

一九四一年十二月

选自诗集《旗》

诗八首

一

你底眼睛看见这一场火灾,
你看不见我,虽然我为你点燃;
唉,那燃烧着的不过是成熟的年代,
你底,我底。我们相隔如重山!

从这自然底蜕变底程序里,
我却爱了一个暂时的你。
即使我哭泣,变灰,变灰又新生,
姑娘,那只是上帝玩弄他自己。

二

水流山石间沉淀下你我,
而我们成长,在死底子宫里。
在无数的可能里一个变形的生命
永远不能完成他自己。

我和你谈话,相信你,爱你,

这时侯就听见我底主暗笑,
不断的他添来另外的你我
使我们丰富而且危险。

三

你底年龄里的小小野兽,
它和青草一样地呼息,
它带来你底颜色,芳香,丰满,
它要你疯狂在温暖的黑暗里。

我越过你大理石的理智底殿堂,
而为它埋藏的生命珍惜;
你我底手底接触是一片草场,
那里有它底固执,我底惊喜。

四

静静的,我们拥抱在
用言语所能照明的世界里,
而那未形成的黑暗是可怕的,

那可能和不可能的使我们沉迷,

那窒息着我们的
是甜蜜的未生即死的言语,
它底幽灵笼罩,使我们游离,
游进混乱的爱底自由和美丽。

五

夕阳西下,一阵微风吹拂着田野,
是多么久的原因在这里积累。
那移动了景物的移动我底心
从最古老的开端流向你,安睡。

那形成了树木和屹立的岩石的,
将使我此时的渴望永存,
一切在它底过程中流露的美
教我爱你的方法,教我变更。

六

相同和相同溶为怠倦
在差别间又凝固着陌生;
是一条多么危险的窄路里,
我制造自己在那上旅行。

他存在,听从我底指使,
他保护,而把我留在孤独里,
他底痛苦是不断的寻求
你底秩序,求得了又必须背离。

七

风暴,远路,寂寞的夜晚,
丢失,记忆,永续的时间,
所有科学不能祛除的恐惧
让我在你底怀里得到安憩——

呵,在你底不能自主的心上,

你底随有随无的美丽的形象,
那里,我看见你孤独的爱情
笔立着,和我底平行着生长!

八

再没有更近的接近,
所有的偶然在我们间定型;
只有阳光透过缤纷的枝叶
分在两片同样的心上,相同。

等季候一到就要各自飘落,
而赐生我们的巨树永青,
它对我们的不仁的嘲弄
(和哭泣)在合一的老根里化为平静。

一九四二年二月

选自闻一多编《现代诗钞》

春*

绿色的火焰在草上摇曳,
他渴求着拥抱你,花朵。
反抗着土地,花朵伸出来,
当暖风吹来烦恼,或者欢乐。
如果你是醒了,推开窗子,
看这满园的欲望多么美丽。

蓝天下,为永远的谜迷惑着
是我们二十岁的紧闭的肉体,
一如那泥土做成的鸟的歌,
你们被点燃却无处归依。
呵,光,影,声,色,都已经赤裸,
痛苦着,等待伸入新的组合。

一九四二年二月

选自《穆旦诗集》

自然底梦

我曾经迷误在自然底梦中,
我底身体由白云和花草做成,
我是吹过林木的叹息,早晨底颜色,
当太阳染给我刹那的年青,

那不常在的是我们拥抱的情怀,
它让我甜甜的睡:一个少女底热情,
使我这样骄傲又这样的柔顺。
我们谈话,自然底朦胧的呓语,

美丽的呓语把它自己说醒,
而将我暴露在密密的人群中,
我知道它醒了正无端地哭泣,
鸟底歌,水底歌,正绵绵地回忆,

因为我曾年轻的一无所有,
施与者领向人世的智慧皈依,
而过多的忧思现在才刻露了
我是有过蓝色的血,星球底世系。

一九四二年十一月

选自《穆旦诗集》

裂　纹①*

一

每一清早这安静的市街
不知道痛苦它就要来临，
每个孩子的啼哭，每个苦力
他的无可辩护的沉默的脚步，
和那投下阴影的高耸的楼基，
同向最初的阳光里混入脏污。

那比劳作高贵的女人的裙角，
还静静的拥有昨夜的世界，
从中心压下挤在边沿的人们
已准确的踏进八小时的房屋，
这些我都看见了是一个阴谋，
随着每日的阳光使我们成熟。

二

扭转又扭转，这一颗烙印

---

① 本诗在《穆旦诗集》中题目为"成熟"。——编者注

终于带着伤打上他全身,
有翅膀的飞翔,有阳光的
滋长,他追求而跌进黑暗,
四壁是传统,是有力的
白天,扶持一切它胜利的习惯。

新生的希望被压制,被扭转,
等粉碎了他才能安全;
年青的学得聪明,年老的
因此也继续他们的愚蠢,
谁顾惜未来?没有人心痛:
那改变明天的已为今天所改变。

一九四四年六月

选自诗集《旗》

赠 别

（一）

多少人的青春在这里迷醉，
然后走上熙攘的路程，
朦胧的是你的怠倦，云光，和水，
他们的自己丢失了随着就遗忘，

多少次了你的园门开启，
你的美繁复，你的心变冷，
尽管四季的歌喉唱得多好，
当无翼而来的夜露凝重——

等你老了，独自对着炉火，
就会知道有一个灵魂也静静的，
他曾经爱过你的变化无尽，
旅梦碎了，他爱你的愁绪纷纷。

（二）

每次相见你闪来的倒影

千万端机缘和你的火凝成,
已经为每一分每一秒的事体
在我的心里碾碎无形,

你的跳动的波纹,你的空灵
的笑,我徒然渴想拥有,
它们来了又逝去在神的智慧里,
留下的不过是我曲折的感情,

看你去了,在无望的追想中,
这就是为什么我常常沉默:
直到你再来,以新的火
摒挡我所嫉妒的时间的黑影。

一九四四年六月

选自《穆旦诗集》

海　恋

蓝天之漫游者，海的恋人，
给我们鱼，给我们水，给我们
燃起夜星的，疯狂的先导，
我们已为沉重的现实闭紧。

自由一如无迹的歌声，博大
占领万物，是欢乐之欢乐，
表现了一切而又归于无有，
我们却残留在微末的具形中。

比现实更真的梦，比水
更湿润的思想，在这里枯萎，
青色的魔，跳跃，从不休止，
路的创造者，无路的旅人，

从你的眼睛看见一切美景，
我们却因忧郁而更忧郁，
踏在脚下的太阳，未成形的

力量,我们丰富的无有,歌颂:

日以继夜,那白色的鸟的回翔,
在知识以外,那山外的群山,
那我们不能拥有的,你已站在中心,
蓝天之漫游者,海的恋人!

一九四五年四月

选自《穆旦诗集》

旗*

我们都在下面,你在高空飘扬,
风是你的身体,你和太阳同行,
常想飞出物外,却为地面拉紧。

是写在天上的话,大家都认识,
又简单明确,又博大无形,
是英雄们的游魂活在今日。

你渺小的身体是战争的动力,
战争过后,而你是唯一的完整,
我们化成灰,光荣由你留存。

太肯负责任,我们有时茫然,
资本家和地主拉你来解释,
用你来取得众人的和平。

是大家的心,可是比大家聪明,
带着清晨来,随黑夜而受苦,
你最会说出自由的欢欣。

四方的风暴,由你最先感受,

是大家的方向,因你而胜利固定,
我们爱慕你,如今属于人民。

一九四五年五月
选自诗集《旗》